U0066488

絕對合格！

新日檢N4模擬試題+完全解析 新版

林士鈞　著／元氣日語編輯小組　總策劃

請務必高分過N4！

不知道過了多久的時間、也不知道寫了幾個版本的序文，《新日檢N4模擬試題＋完全解析》這一本書終於是默默地成為我的主要收入來源（~~並沒有好嗎~~），不好意思說它是版稅王，就叫它金雞母好了（誤）。

這一切多虧了網軍幫忙帶風向，雖然我不知道他們是誰。反正就是過一段時間，就會在PTT上看到「狂推」；過一段時間，就會在Dcard看到「超讚」；過一段時間，就會在臉書上看到「贊助」……。

沒有！沒有廣告好嗎！如果有買臉書廣告，我現在還要在這裡寫序嗎？呃……好啦，我承認，我有的時候會個人性質地買些臉書廣告，不過不是幫這本書買……。無論如何，我必須感謝每一位花錢買了書，還無償幫我宣傳的素昧平生的讀者們。因為你們，讓這本書和這本書的價值真正被看見。

正因如此，這次的再版我和編輯群們傷透了腦筋。因為前些時候日檢主辦單位微調了N4的測驗時間，同時也微調了出題數。整體來說，時間減少、題數減少。那麼，同學激推的「這本書」是不是也要一起配合調整呢？雖然不是辦不到，但是這麼一來，和大家激推的「那本書」是不是就是不同的一本書了呢？

而且，讀者的激推應該不是激推和考試題型相同，否則你去JLPT官網不就可以找到更接近考試的考古題範例、去〇江日語不就可以求得當年的考題嗎？大家的激推應該是基於這一本是絕無僅有的每一題都有詳解，而且是真正詳解的模擬試題（至於什麼是假詳解，因為族繁不及備載，你被騙了就知道）。

再者，這本書當初的規劃，就是網羅了N4範圍的重要單字和重要句型，一本書就可以把該複習的都複習到了，要我刪減些什麼真的是辦不到。因此最後決定，一刀不剪，原汁原味呈現大家激推的《新日檢N4模擬試題＋完全解析》。

也因為這樣，我才需要跟大家報告一下：本書的測驗時間和題數比實際測驗時間和題數略多，但請當作壓力測試，完成每一份模擬試題。這樣一來，我相信實際應考時，會更從容地考到高分。

最後，容我再補充一次：N4的關鍵不是合格而已，而是高分。如果你N4只是100出頭，那只是證明你的實力頂多N5。如果你N4可以130分以上，甚至150分以上，那恭喜你，再準備半年，直接考N2可能都沒有問題。N4是基礎文法的總複習、重要句型的集大成，一定要力求高分。

感謝網軍們，你們可以去領錢了。（喂！）

林士鈞

戰勝新日檢，
掌握日語關鍵能力

元氣日語編輯小組

日本語能力測驗（**日本語能力試験**）是由「日本國際教育支援協會」及「日本國際交流基金會」，在日本及世界各地為日語學習者測試其日語能力的測驗。自1984年開辦，迄今超過30年，每年報考人數節節升高，是世界上規模最大、也最具公信力的日語考試。

新日檢是什麼？

近年來，除了一般學習日語的學生之外，更有許多社會人士，為了在日本生活、就業、工作晉升等各種不同理由，參加日本語能力測驗。同時，日本語能力測驗實行30多年來，語言教育學、測驗理論等的變遷，漸有改革提案及建言。在許多專家的縝密研擬之下，自2010年起實施新制日本語能力測驗（以下簡稱新日檢），滿足各層面的日語檢定需求。

除了日語相關知識之外，新日檢更重視「活用日語」的能力，因此特別在題目中加重溝通能力的測驗。目前執行的新日檢為5級制（N1、N2、N3、N4、N5），新制的「N」除了代表「日語（Nihongo）」，也代表「新（New）」。

新日檢N4的考試科目有什麼？

新日檢N4的考試科目，分為「言語知識（文字・語彙）」、「言語知識（文法）・讀解」與「聽解」三科考試，計分則為「言語知識（文字・語彙・文法）・讀解」120分，「聽解」60分，總分180分，並設立各科基本分數標準，也就是總分須通過合格分數（=通過標準）之外，各科也須達到一定成績（=通過門檻），如果總分達到合格分數，但有一科成績未達到通過門檻，亦不算是合格。總分通過標準及各分科成績通過門檻請見下表。

<table>
<tr><th colspan="4">N4總分通過標準及各分科成績通過門檻</th></tr>
<tr><td rowspan="2">總分通過標準</td><td>得分範圍</td><td colspan="2">0~180</td></tr>
<tr><td>通過標準</td><td colspan="2">90</td></tr>
<tr><td rowspan="4">分科成績通過門檻</td><td rowspan="2">言語知識（文字・語彙・文法）・讀解</td><td>得分範圍</td><td>0~120</td></tr>
<tr><td>通過門檻</td><td>38</td></tr>
<tr><td rowspan="2">聽解</td><td>得分範圍</td><td>0~60</td></tr>
<tr><td>通過門檻</td><td>19</td></tr>
</table>

從上表得知，考生必須總分超過90分，同時「言語知識（文字・語彙・文法）・讀解」不得低於38分、「聽解」不得低於19分，方能取得N4合格證書。

另外，根據新發表的內容，新日檢N4合格的目標，是希望考生能完全理解基礎日語。

<table>
<tr><th colspan="3">新日檢程度標準</th></tr>
<tr><td rowspan="2">新日檢N4</td><td>閱讀（讀解）</td><td>・能閱讀以基礎語彙或漢字書寫的文章（文章內容則與個人日常生活相關）。</td></tr>
<tr><td>聽力（聽解）</td><td>・日常生活狀況若以稍慢的速度對話，大致上都能理解。</td></tr>
</table>

新日檢N4的考題有什麼（新舊比較）？

從2020年度第2回（12月）測驗起，新日檢N4測驗時間及試題題數基準進行部分變更，考試內容整理如下表所示：

考試科目		題型			題數		考試時間	
		大題		內容	舊制	新制	舊制	新制
言語知識（文字・語彙）	文字・語彙	1	漢字讀音	選擇漢字的讀音	9	7	30分鐘	25分鐘
		2	表記	選擇適當的漢字	6	5		
		3	文脈規定	根據句子選擇正確的單字意思	10	8		
		4	近義詞	選擇與題目意思最接近的單字	5	4		
		5	用法	選擇題目在句子中正確的用法	5	4		
言語知識（文法）・讀解	文法	1	文法1（判斷文法形式）	選擇正確句型	15	13	60分鐘	55分鐘
		2	文法2（組合文句）	句子重組（排序）	5	4		
		3	文章文法	文章中的填空（克漏字），根據文脈，選出適當的語彙或句型	5	4		
	讀解	4	內容理解（短文）	閱讀題目（包含學習、生活、工作等各式話題，約100～200字的文章），測驗是否理解其內容	4	3		
		5	內容理解（中文）	閱讀題目（日常話題、狀況等題材，約450字的文章），測驗是否理解其內容	4	3		
		6	資訊檢索	閱讀題目（介紹、通知等，約400字），測驗是否能找出必要的資訊	2	2		

考試科目	題型					考試時間	
	大題		內容	題數			
				舊制	新制	舊制	新制
聽解	1	課題理解	聽取具體的資訊，選擇適當的答案，測驗是否理解接下來該做的動作	8	8	35分鐘	35分鐘
	2	重點理解	先提示問題，再聽取內容並選擇正確的答案，測驗是否能掌握對話的重點	7	7		
	3	說話表現	邊看圖邊聽說明，選擇適當的話語	5	5		
	4	即時應答	聽取單方提問或會話，選擇適當的回答	8	8		

其他關於新日檢的各項改革資訊，可逕查閱「日本語能力試驗」官方網站http://www.jlpt.jp/。

台灣地區新日檢相關考試訊息

測驗日期：每年七月及十二月第一個星期日

測驗級數及時間：N1、N2在下午舉行；N3、N4、N5在上午舉行

測驗地點：台北、桃園、台中、高雄

報名時間：第一回約於三～四月左右，第二回約於八～九月左右

實施機構：財團法人語言訓練測驗中心

（02）2365-5050

http://www.lttc.ntu.edu.tw/JLPT.htm

新日檢N4準備要領及合格關鍵

林士鈞老師

新日檢由於設有各科最低標準「基準點」，且聽力一科的分數和過去相比，比重也明顯提高，所以考生在準備時，往往將重點放在聽力。雖非錯誤，但老師認為這樣子捨本逐末，不免容易事倍功半。**請注意！重點在單字！單字！單字！**

先說明以下觀念，再解釋為何單字這麼重要。各位知道為什麼N4、N5要將「**文字・語彙・文法**」歸類為「言語知識」，但又將「言語知識」拆成「言語知識（**文字・語彙**）」、「言語知識（**文法**）・讀解」二堂來考，最後又將這二科計算為一個成績嗎？很複雜，又有點矛盾對不對？

這是因為N4、N5範圍的單字太少了（N4約1500字、N5約800字），如果不分二堂考是沒有辦法出題的。如果合併考試，文字、語彙的答案會出現在文法、讀解，考生們就可以前後對照找答案，所以只好拆開來考，但是一起計分。而在這一來一往無意間就透露了，準備單字是N4、N5的上上策，理由有三：

一、單字範圍少，投資報酬率高！

N4範圍單字1500字，以數字上來看，似乎不少。但是一般初級教材的單字至少有1200～1700字，所以如果對於學畢初級課程的同學來說，只剩下熟練度的問題。就算學日文時間很短的考生，一天50字，一個月也能記住1500字吧！此外，只要你多花一點時間好好準備單字，一定可在這一科得到40～50分，幾乎是合格分數的一半了！

二、會再多的文法，也必須看懂題目！

由於N4範圍不大，單字會不停地出現在各科。所以文法、讀解也會不斷出現和文字、語彙相同的單字，只是考法不同罷了。此外，常有考生文法熟悉，但還是沒通過考試，深究之後才發現，問題在於題目看不懂。閱讀能力當然有必須是基於單字基礎才看得懂的，所以更顯得單字重要了吧！

三、聽力不懂，不是耳朵有問題，而是頭腦有問題！

考生擔心聽力，就是因為聽不懂。但是，各位的「耳力」是正常的吧？如果耳力正常，卻聽不懂，是為什麼呢？是「腦力」吧！所以，我說的頭腦有問題，當然不是智力的問題，也不是精神上的問題。而是在大腦語言區裡，不存在某一個單字，自然無法理解那句話，得到的結論就是「聽不懂」，但學生都簡單歸納為「聽力不好」。我建議，先老老實實地記住單字，再練習聽力，絕對有事半功倍之效 註 。

N4、N5的考生都屬於日文的「初心者」，學一個語言，自然應從好好學會單字開始，也許這就是當初設計這樣的考試形式的目的。各位，開始背單字吧！

最後，再給各位一個衷心的建議。利用本書好好準備的話，考試絕對會通過。但老師希望各位是高分通過，而不是低空飛過。原因是N4範圍包含了所有的基礎文法，考得高分（120分以上），表示基礎文法熟練，接下來考N3絕對不成問題，甚至明年就可以考N2了。但若是基礎文法不熟練，之後的路會變得……很遙遠、很漫長！這是過去同學的血淚教訓，請好好記住。

註 如果你認為單字已經記得很熟，但聽力還是無法達到要求的話，問題應該是在「發音」。建議在學習時配合音檔朗誦，大聲唸出自己所有日文教材裡的單字、句子、文章，或是找老師指導，應該能在短時間就能有所進步。

如何使用本書

《新日檢N4模擬試題＋完全解析　新版》依照「日本國際教育支援協會」及「日本國際交流基金會」所公布的新日檢N4範圍內的題型與題數，100%模擬新日檢最新題型，幫助讀者掌握考題趨勢，發揮實力。

STEP 1 測試實力

《新日檢N4模擬試題＋完全解析　新版》共有三回考題。每一回考題均包含實際應試時會考的三科，分別為第一科：言語知識（文字・語彙）；第二科：言語知識（文法）・讀解；第三科：聽解。詳細說明如下：

言語知識（文字・語彙）　時間30分鐘

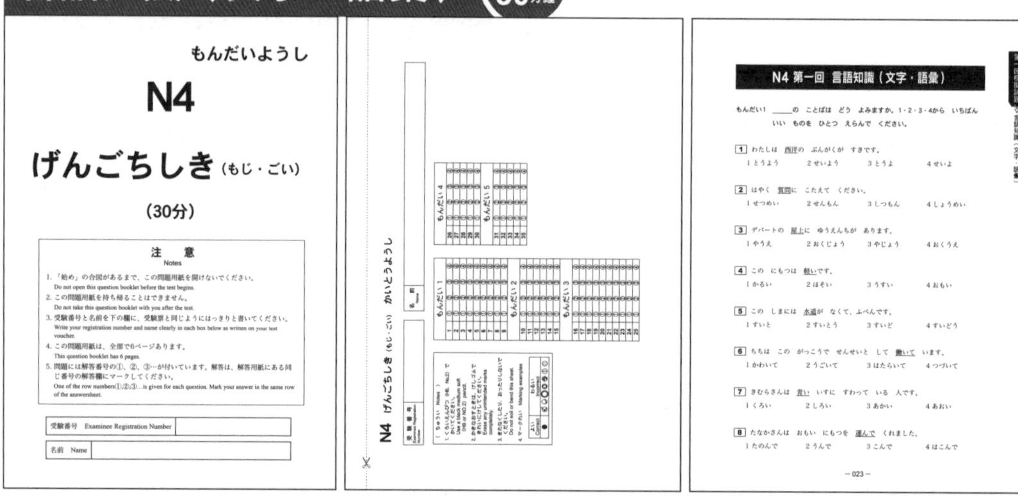

設計仿照實際考試的試題冊及答案卡型式，並完全模擬實際考試時的題型、題數，因此請將作答時間控制在30分之內，確保應試時能在考試時間內完成作答。

言語知識（文法）・讀解　時間 60分鐘

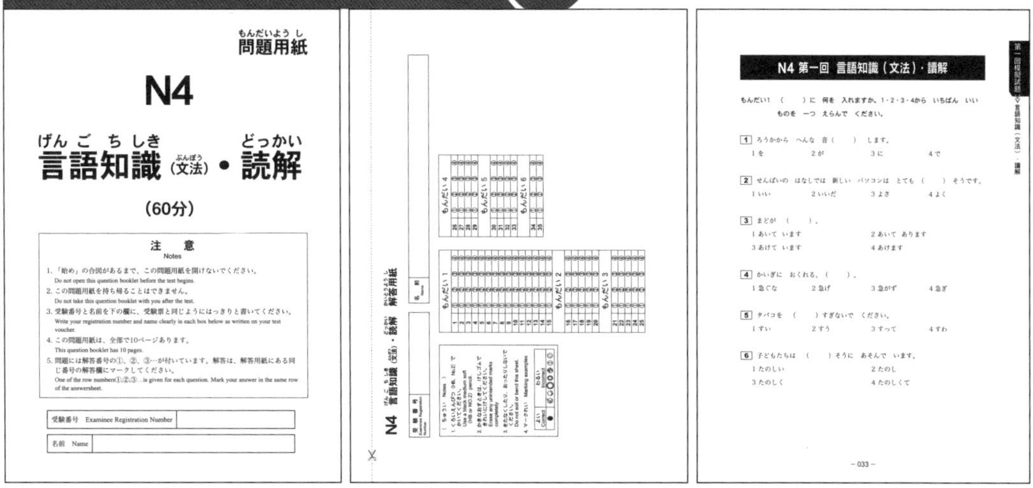

設計仿照實際考試的試題冊及答案卡型式，並完全模擬實際考試時的題型、題數，因此請將作答時間控制在60分之內，確保應試時能在考試時間內完成作答。

聽解　時間 35分鐘

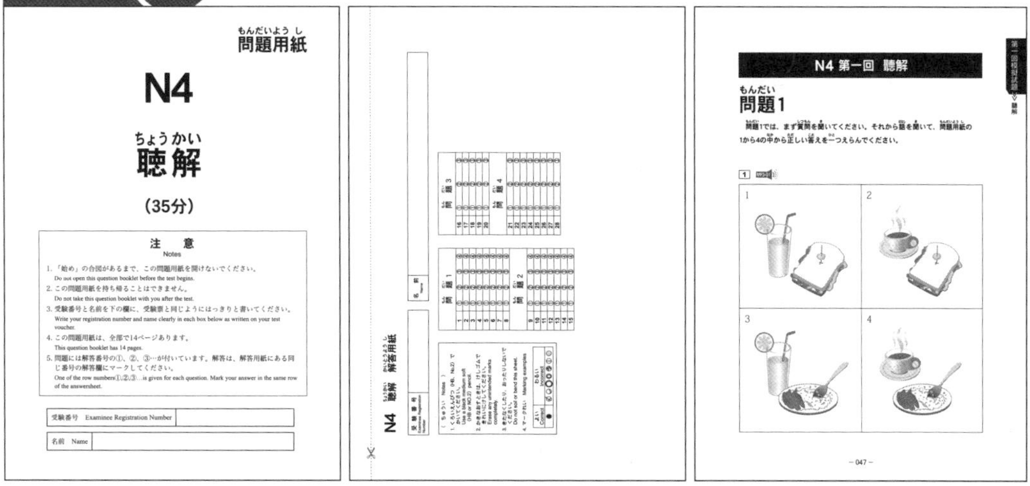

模擬實際考試的試題冊及答案卡，依據實際考試時的題型、題數，並以正常說話速度及標準語調錄製試題。請聆聽試題後立即作答，培養實際應試時的反應速度。

STEP2 厚植實力

在測試完《新日檢N4模擬試題＋完全解析　新版》各回考題後，每一回考題均有解答、中譯、以及林士鈞老師專業的解析，讓您不需再查字典或句型文法書，便能有通盤的了解。聽力部分也能在三回的測驗練習之後，實力大幅提升！

考題解析：言語知識（文字・語彙）

所有試題內容、各選項均做中譯與詳解，不管是長音、短音、促音，還是漢字的音讀或訓讀，只要是考試中容易出現的陷阱，均可在此了解學習上的盲點，掌握自我基本實力。

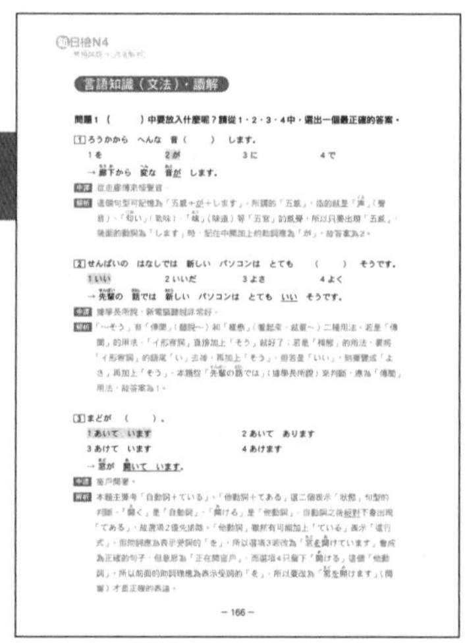

考題解析：言語知識（文法）・讀解

所有試題內容、各選項均做中譯與詳解，此外，解說中還會補充意思相似或容易誤用的文法幫助分析比較。而文法前後接續固定的詞性、用法、助詞等，也面面俱到地仔細說明，只要熟讀詳解，文法功力必能突飛猛進，讀解自然也不再是難題！

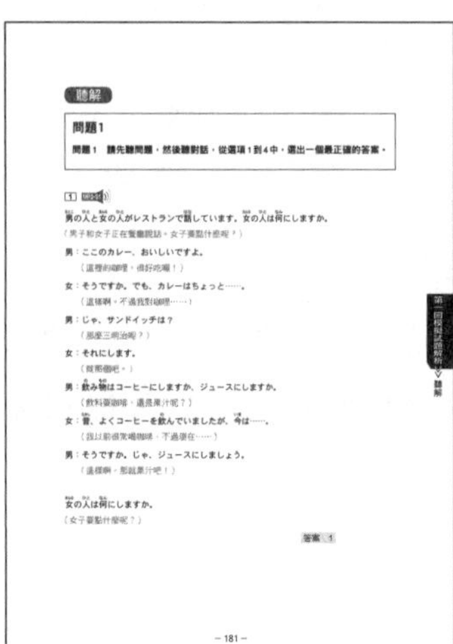

考題解析：聽解

完全收錄聽解試題內容，測驗時聽不懂的地方請務必跟著音檔複誦，多加練習，熟悉日語標準語調及說話速度，提升日語聽解應戰實力。

如何掃描 QR Code 下載音檔

1. 以手機內建的相機或是掃描 QR Code 的 App 掃描封面的 QR Code。
2. 點選「雲端硬碟」的連結之後，進入音檔清單畫面，接著點選畫面右上角的「三個點」。
3. 點選「新增至「已加星號」專區」一欄，星星即會變成黃色或黑色，代表加入成功。
4. 開啟電腦，打開您的「雲端硬碟」網頁，點選左側欄位的「已加星號」。
5. 選擇該音檔資料夾，點滑鼠右鍵，選擇「下載」，即可將音檔存入電腦。

目　次

作者序：請務必高分過N4！ 002
戰勝新日檢，掌握日語關鍵能力 004
新日檢N4準備要領及合格關鍵 008
如何使用本書 010

N4第一回模擬試題 017
言語知識（文字・語彙） 019
言語知識（文法）・讀解 029
聽解 043

N4第二回模擬試題 061
言語知識（文字・語彙） 063
言語知識（文法）・讀解 073
聽解 087

N4第三回模擬試題 107
言語知識（文字・語彙） 109
言語知識（文法）・讀解 119
聽解 135

N4模擬試題解答、翻譯與解析 151

第一回考題解答 152
考題解析：言語知識（文字・語彙） 155
考題解析：言語知識（文法）・讀解 166
考題解析：聽解 181

第二回考題解答 199
考題解析：言語知識（文字・語彙） 202
考題解析：言語知識（文法）・讀解 212
考題解析：聽解 227

第三回考題解答 245
考題解析：言語知識（文字・語彙） 248
考題解析：言語知識（文法）・讀解 259
考題解析：聽解 278

N4

第一回模擬試題

もんだいようし

N4

げんごちしき（もじ・ごい）

（30分）

注　　意
Notes

1. 「始め」の合図があるまで、この問題用紙を開けないでください。
   Do not open this question booklet before the test begins.
2. この問題用紙を持ち帰ることはできません。
   Do not take this question booklet with you after the test.
3. 受験番号と名前を下の欄に、受験票と同じようにはっきりと書いてください。
   Write your registration number and name clearly in each box below as written on your test voucher.
4. この問題用紙は、全部で6ページあります。
   This question booklet has 6 pages.
5. 問題には解答番号の①、②、③…が付いています。解答は、解答用紙にある同じ番号の解答欄にマークしてください。
   One of the row numbers①,②,③…is given for each question. Mark your answer in the same row of the answersheet.

受験番号　Examinee Registration Number	

名前　Name	

N4 げんごちしき（もじ・ごい） かいとうようし

受 験 番 号 Examinee Registration Number		名 前 Name	

〈 ちゅうい Notes 〉

1. くろいえんぴつ（HB、No.2）でかいてください。
   Use a black medium soft (HB or NO.2) pencil.
2. かきなおすときは、けしゴムできれいにけしてください。
   Erase any unintended marks completely.
3. きたなくしたり、おったりしないでください。
   Do not soil or bend this sheet.
4. マークれい Marking examples

よい Correct	わるい Incorrect
●	⊘ ◒ ◯ ⓪ ⊜ ⦶ ◍

もんだい 1

1	①	②	③	④
2	①	②	③	④
3	①	②	③	④
4	①	②	③	④
5	①	②	③	④
6	①	②	③	④
7	①	②	③	④
8	①	②	③	④
9	①	②	③	④

もんだい 2

10	①	②	③	④
11	①	②	③	④
12	①	②	③	④
13	①	②	③	④
14	①	②	③	④
15	①	②	③	④

もんだい 3

16	①	②	③	④
17	①	②	③	④
18	①	②	③	④
19	①	②	③	④
20	①	②	③	④
21	①	②	③	④
22	①	②	③	④
23	①	②	③	④
24	①	②	③	④
25	①	②	③	④

もんだい 4

26	①	②	③	④
27	①	②	③	④
28	①	②	③	④
29	①	②	③	④
30	①	②	③	④

もんだい 5

31	①	②	③	④
32	①	②	③	④
33	①	②	③	④
34	①	②	③	④
35	①	②	③	④

N4 第一回　言語知識（文字・語彙）

もんだい1　＿＿＿の　ことばは　どう　よみますか。1・2・3・4から　いちばん　いい　ものを　ひとつ　えらんで　ください。

1 わたしは　西洋の　ぶんがくが　すきです。

1 とうよう　　2 せいよう　　3 とうよ　　4 せいよ

2 はやく　質問に　こたえて　ください。

1 せつめい　　2 せんもん　　3 しつもん　　4 しょうめい

3 デパートの　屋上に　ゆうえんちが　あります。

1 やうえ　　2 おくじょう　　3 やじょう　　4 おくうえ

4 この　にもつは　軽いです。

1 かるい　　2 ほそい　　3 うすい　　4 おもい

5 この　しまには　水道が　なくて、ふべんです。

1 すいと　　2 すいとう　　3 すいど　　4 すいどう

6 ちちは　この　がっこうで　せんせいと　して　働いて　います。

1 かわいて　　2 うごいて　　3 はたらいて　　4 つづいて

7 きむらさんは　青い　いすに　すわって　いる　人です。

1 くろい　　2 しろい　　3 あかい　　4 あおい

8 たなかさんは　おもい　にもつを　運んで　くれました。

1 たのんで　　2 うんで　　3 こんで　　4 はこんで

9 らいげつの　<u>6日</u>に　くにへ　かえります。

1 よっか　　2 いつか　　3 むいか　　4 なのか

もんだい2　＿＿＿の　ことばは　どう　かきますか。1・2・3・4から　いちばん　いい　ものを　ひとつ　えらんで　ください。

10 あの　<u>えいがかん</u>は　いつも　こんで　いる。

1 映画館　　2 映写館　　3 映畫館　　4 映像館

11 <u>かぞく</u>と　いっしょに　しゃしんを　とりました。

1 家族　　2 家属　　3 家俗　　4 家足

12 きむらさんは　セーターを　きて　<u>たって</u>　いる　人です。

1 立って　　2 建って　　3 経って　　4 発って

13 <u>にゅういん</u>した　そふを　みまいに　いきました。

1 入学　　2 入員　　3 入院　　4 入社

14 がっこうの　かえりに　<u>ほんや</u>へ　いきました。

1 本屋　　2 本家　　3 木屋　　4 木家

15 こんげつの　<u>ようか</u>は　きんようびです。

1 2日　　2 4日　　3 6日　　4 8日

もんだい3　（　　　）に　なにを　いれますか。1・2・3・4から　いちばん　いい　ものを　ひとつ　えらんで　ください。

16 部長が　いらっしゃるので、テーブルに　花を　（　　　）。

1 おくりました　2 かいました　3 かざりました　4 かたづけました

17 あには　（　　　）を　しながら、大学で　べんきょうして　いました。

1 アルバイト　2 チェック　3 サービス　4 テキスト

18 あつく　なったので　そろそろ　（　　　）が　ほしいですね。

1 だんぼう　2 れいぼう　3 ゆしゅつ　4 ゆにゅう

19 これは　ちちが　（　　　）　くれた　カメラです。

1 えらんで　2 ならんで　3 よんで　4 のんで

20 （　　　）　スーパーに　いきます。なにか　かって　きましょうか。

1 これから　2 ふつう　3 いつも　4 ときどき

21 まいにち　ネクタイを　（　　　）　会社に　行く。

1 きて　2 しめて　3 かけて　4 はいて

22 さむいですから、（　　　）を　きて　いった　ほうが　いいですよ。

1 オーバー　2 サンダル　3 ズボン　4 スカート

23 しゃちょうが　もうすぐ　ここに　（　　　）　はずです。

1 おいでに　なる　2 ごらんに　なる　3 おっしゃる　4 まいる

24 あした　しあいが　あります。（　　　）　こんやは　はやく　ねて　ください。

1 それから　2 だから　3 しかし　4 しかも

25 おとうとは　（　　　）　べんきょうしなかったから、ごうかくする　はずが　ない。

1 ちょっと　　2 ちっとも　　3 なるべく　　4 もうすぐ

もんだい4　＿＿＿の　ぶんと　だいたい　おなじ　いみの　ぶんが　あります。1・2・3・4から　いちばん　いい　ものを　ひとつ　えらんで　ください。

26 あの　人は　はなしが　とても　じょうずです。

1 あの　人は　口が　かたいです。

2 あの　人は　口が　かるいです。

3 あの　人は　口が　うまいです。

4 あの　人は　口が　つよいです。

27 陳さんは　おとこらしいです。

1 陳さんは　おんなですが、おとこの　ようです。

2 陳さんは　まるで　おとこみたいです。

3 陳さんは　こころが　ひろくて、ちからが　つよいです。

4 陳さんは　おとこだ　そうです。

28 しゃちょうに　すぐ　れんらくして　ください。

1 しゃちょうに　すぐ　きいて　ください。

2 しゃちょうに　すぐ　たずねて　ください。

3 しゃちょうに　すぐ　つたえて　ください。

4 しゃちょうに　すぐ　とどけて　ください。

29 <u>かれは　なぜ　きませんでしたか。</u>

1 かれは　また　きませんでしたか。

2 かれは　よく　きませんでしたか。

3 かれは　どうして　きませんでしたか。

4 かれは　どうやって　きませんでしたか。

30 <u>あついので　まどを　あけて　ください。</u>

1 あついので　まどを　しめて　ください。

2 あついので　まどを　とじて　ください。

3 あついので　まどを　ひらいて　ください。

4 あついので　まどを　つけて　ください。

もんだい5　つぎの　ことばの　つかいかたで　いちばん　いい　ものを
1・2・3・4から　ひとつ　えらんで　ください。

31 さしあげる

1 こどもに　おかしを　<u>さしあげました</u>。

2 いぬに　えさを　<u>さしあげました</u>。

3 花に　水を　<u>さしあげました</u>。

4 先生に　花を　<u>さしあげました</u>。

32 ねっしん

1 がくせいは　<u>ねっしん</u>に　べんきょうして　います。

2 あの　人は　こころが　とても　<u>ねっしん</u>です。

3 あめが　<u>ねっしん</u>に　ふって　います。

4 おなかが　すいて　いるので、<u>ねっしん</u>に　たべて　います。

33 したく

1 せんせいに　こたえて　いただく　しつもんを　3つ　<u>したく</u>して　いる。

2 この　レストランには　よやくの　<u>したく</u>が　あります。

3 しゅくだいは　ぜんぶ　<u>したく</u>しました。

4 しょくじの　<u>したく</u>は　もう　できました。

34 わかす

1 おゆを　<u>わかして</u>　おちゃを　のみましょう。

2 たまごは　<u>わかして</u>から　たべます。

3 さむく　なって　きたので、ストーブを　<u>わかしました</u>。

4 あつい　シャワーを　<u>わかして</u>　います。

35 けんぶつ

1 せんしゅう、しごとで　ピアノの　こうじょうを　<u>けんぶつ</u>しました。

2 せんしゅう、きょうとを　<u>けんぶつ</u>しました。

3 にほんへ　いって　さくらを　<u>けんぶつ</u>しようと　おもって　います。

4 きのう、テレビで　にほんの　ニュースを　<u>けんぶつ</u>しました。

もんだいようし
問題用紙

N4

げんごちしき　ぶんぽう　どっかい
言語知識（文法）・読解

（60分）

注　意
Notes

1. 「始め」の合図があるまで、この問題用紙を開けないでください。
   Do not open this question booklet before the test begins.
2. この問題用紙を持ち帰ることはできません。
   Do not take this question booklet with you after the test.
3. 受験番号と名前を下の欄に、受験票と同じようにはっきりと書いてください。
   Write your registration number and name clearly in each box below as written on your test voucher.
4. この問題用紙は、全部で10ページあります。
   This question booklet has 10 pages.
5. 問題には解答番号の①、②、③…が付いています。解答は、解答用紙にある同じ番号の解答欄にマークしてください。
   One of the row numbers①,②,③…is given for each question. Mark your answer in the same row of the answersheet.

受験番号　Examinee Registration Number	

名前　Name	

N4 言語知識(文法)・読解 解答用紙

受験番号 Examinee Registration Number	

名前 Name	

〈 ちゅうい Notes 〉

1. くろいえんぴつ (HB、No.2) でかいてください。
   Use a black medium soft (HB or NO.2) pencil.
2. かきなおすときは、けしゴムできれいにけしてください。
   Erase any unintended marks completely.
3. きたなくしたり、おったりしないでください。
   Do not soil or bend this sheet.
4. マークれい Marking examples

よい Correct	わるい Incorrect
●	⊘ ◡ ◯ ⓪ ⊜ ⦶ ○

もんだい 1				
1	①	②	③	④
2	①	②	③	④
3	①	②	③	④
4	①	②	③	④
5	①	②	③	④
6	①	②	③	④
7	①	②	③	④
8	①	②	③	④
9	①	②	③	④
10	①	②	③	④
11	①	②	③	④
12	①	②	③	④
13	①	②	③	④
14	①	②	③	④
15	①	②	③	④
もんだい 2				
16	①	②	③	④
17	①	②	③	④
18	①	②	③	④
19	①	②	③	④
20	①	②	③	④
もんだい 3				
21	①	②	③	④
22	①	②	③	④
23	①	②	③	④
24	①	②	③	④
25	①	②	③	④

もんだい 4				
26	①	②	③	④
27	①	②	③	④
28	①	②	③	④
29	①	②	③	④
もんだい 5				
30	①	②	③	④
31	①	②	③	④
32	①	②	③	④
33	①	②	③	④
もんだい 6				
34	①	②	③	④
35	①	②	③	④

N4 第一回 言語知識（文法）・讀解

もんだい1 （　　）に 何を 入れますか。1・2・3・4から いちばん いい ものを 一つ えらんで ください。

1 ろうかから へんな 音（　　） します。

1 を　2 が　3 に　4 で

2 せんぱいの はなしでは 新しい パソコンは とても （　　） そうです。

1 いい　2 いいだ　3 よさ　4 よく

3 まどが （　　）。

1 あいて います　2 あいて あります

3 あけて います　4 あけます

4 かいぎに おくれる。（　　）。

1 急ぐな　2 急げ　3 急がず　4 急ぎ

5 タバコを （　　）すぎないで ください。

1 すい　2 すう　3 すって　4 すわ

6 子どもたちは （　　）そうに あそんで います。

1 たのしい　2 たのし

3 たのしく　4 たのしくて

7 A「先生、もう　薬を　飲まなくても　いいですか」

B「いいえ、金曜日までは　（　　　）」

1 飲んで　ください　　2 飲まないで　ください

3 飲んでも　いいです　　4 飲んでは　いけません

8 そふは　病気が　ひじょうに　おもかったので、医者に　すぐ　（　　　）。

1 入院しました　　2 入院させました

3 入院されました　　4 入院させられました

9 おきゃくさまは　どこに　（　　　）か。

1 すわりに　なります　　2 おすわります

3 すわられます　　4 おすわられます

10 しゃちょうに　貸して　（　　　）　カメラで、しゃしんを　とりました。

1 くれた　　2 あげた　　3 くださった　　4 いただいた

11 わたしは　日本へ　1度も　（　　　）。

1 行った　ことが　あった　　2 行った　ことが　ない

3 行った　ことが　ある　　4 行く　ことが　ない

12 「はじめまして。木村と　（　　　）」

1 おっしゃいます　　2 もうします　　3 なさいます　　4 いたします

13 あさねぼうを　したので、ごはんを　（　　　）　会社へ　行った。

1 食べなくて　　2 食べずに　　3 食べて　　4 食べない

14 田中と　いう　方を　（　　　）か。

1 ごぞんじます　　2 ごぞんじします

3 ごぞんじです　　4 ごぞんじなさいます

15 日本人の　家には　くつを　（　　　）　まま　入っては　いけません。

1 はく　　2 はいて　　3 はいた　　4 はかない

もんだい2　＿★＿に　入る　ものは　どれですか。1・2・3・4から　いちばん　いい　ものを　一つ　えらんで　ください。

16 どんなに　＿＿　＿＿　＿★＿　＿＿　います。

1 見つからなくて　　2 財布が　　3 困って　　4 探しても

17 田中さんは　＿★＿　＿＿　＿＿　＿＿　です。

1 ピアノも　　2 歌も　　3 ひけるし　　4 上手

18 林さんは、アルバイトを　して　いる　＿★＿　＿＿　＿＿　＿＿　です。

1 先生には　　2 ことを　　3 よう　　4知られたくない

19 A「レポートは　もう　出しましたか」

B「いいえ、　＿＿　＿＿　＿＿　＿★＿　です」

1 いる　　2 今　　3 ところ　　4 書いて

20 子どもに 言われて、わたしは　＿＿　＿＿　＿＿　＿★＿　に　しました。

1 タバコ　　2 こと　　3 を　　4 やめる

もんだい3　21 から　25 に　何を　入れますか。1・2・3・4から　いちばん　いい　ものを　一つ　えらんで　ください。

わたしは　キムです。今年の　9月に　韓国の　ソウル 21 　来ました。今は、大阪の　日本語学校の　学生で　20才です。

学校は、22 　大きくないです。でも、建物は　とても　新しいです。学生は全部で　100人 23 　います。韓国の　学生だけでは　ありません。いろいろな国の　学生が　います。中国や　台湾の　学生も　います。タイの　学生もいます。みんな　わたしの　クラスメートです。

寮は　学校の　そばに　あります。学生は　みんな　この　寮に　住んでいます。わたしたちは　毎日、食堂で　いっしょに　ご飯を　食べます。24 、日本語を　勉強します。日本語は　難しいですから、毎日、朝から　晩まで勉強します。

わたしは　この　学校 25 　半年　日本語を　勉強します。そして、来年の4月に　大学へ　行きます。そこで　経済を　勉強する　つもりです。

21

1 から　　2 へ　　3 で　　4 に

22

1 とても　　2 ときどき　　3 あまり　　4 いつも

23

1 ごろ　　2 しか　　3 で　　4 ぐらい

24

1 しかし　　2 そして　　3 それで　　4 それに

25

1 に　　2 で　　3 へ　　4 から

もんだい4　つぎの文章を読んで、質問に答えてください。答えは1・2・3・4から いちばんいいものを一つえらんでください。

最近の子どもは、寝る時間が遅くなりました。そこで、小学校3年生50人に聞いてみました。10時より前に寝る子どもは5人しかいませんでした。10時から11時までに寝る子は15人、11時すぎまで起きている子は30人でした。11時すぎまで起きている子の中には、12時すぎまで起きている子が2人もいました。

26 11時すぎまで起きている子どもは何人ですか。

1 30人です。

2 32人です。

3 45人です。

4 47人です。

クラスメートの陳君は、友だちといっしょに初めてスキーに行きました。スキーができないということをクラスメートに言えなくて、みんなが滑っているときに「僕は、スキーはうまいけど嫌いなんだ」と言い、ホテルにいた子どもたちとずっとカラオケをやっていました。

27 陳君はどうしてカラオケをしましたか。

1 スキーが上手だからです。

2 スキーができないからです。

3 友だちが嫌いだからです。

4 カラオケが好きだからです。

東京は日本のまん中にあります。東京では春になると、桜の花が咲きます。桜の花が咲くと、上野公園はお花見の人でいっぱいになります。5月には浅草の神社で大きなお祭りがあります。そのお祭りはとても有名で、たくさんの人がそれを見物に行きます。

28 それは何ですか。

1 上野公園です。

2 桜の花です。

3 浅草です。

4 お祭りです。

日本語には3種類の文字があります。それは漢字とひらがなとカタカナです。主に漢字とひらがなをつかいます。漢字は意味を表していますが、ひらがなとカタカナは音だけを表しています。ひらがなとカタカナには、意味はありません。

29 日本語の3種類の文字のうち、音を表しているのはどれですか。

1 カタカナです。

2 漢字です。

3 漢字とひらがなです。

4 ひらがなとカタカナです。

もんだい5　つぎの文章を読んで、質問に答えてください。答えは1・2・3・4から いちばんいいものを一つえらんでください。

わたしは、昼は学校で日本語を勉強していますが、夜はレストランでアルバイトをしています。この仕事は友だちに紹介してもらいました。仕事はウエイターで、お皿を運んだり、テーブルの上を片付けたりします。店の人たちはみんな親切で、いろいろなことを教えてくれます。だから、わたしももっと一生けんめい働かなくてはいけないと思います。

この仕事はお客さんと話すので、日本語がだいぶわかるようになりました。お客さんが笑顔で「ごちそうさま」と言ってくれるとき、とてもうれしく感じます。だから大きな声で「ありがとうございました」と言います。店長は忙しいらしくて、いつも夜遅くまで残業しています。

学校で勉強したあと、仕事をするのはとても疲れます。でも、将来、国で自分の店を持ちたいと思っているし、いろいろな人と知り合うことができるのは楽しいので、がんばろうと思います。

（C&P日本語教育・教材研究会『日本語作文（1）』による）

30　「わたし」の仕事の内容は何ですか。

1 店の人に日本語を教えることです。

2 店の人にいろいろなことを教えることです。

3 料理を作ることです。

4 お皿を運んだり、テーブルの上を片付けたりすることです。

31　どのようにして、この仕事をすることになったのですか。

1 先生が紹介してくれました。

2 自分で見つけました。

3 店長が忙しいからです。

4 友だちのおかげです。

32 仕事で、うれしいと感じるのはなぜですか。

1 日本語がだいぶわかるようになったから。

2 店の人がいろいろなことを教えてくれるから。

3 お客さんが笑顔で「ごちそうさま」と言ってくれるから。

4 友だちが仕事を紹介してくれたから。

33 「わたし」は、これからどんな仕事をしたいと思っていますか。

1 学校で勉強したいと思っています。

2 いろいろな人と知り合いたいと思っています。

3 自分の店を持ちたいと思っています。

4 がんばりたいと思っています。

もんだい6　つぎのA「ゆきこさんへの手紙」とBのホテルインフォメーションリストを見て、質問に答えてください。答えは1・2・3・4からいちばんいいものを一つえらんでください。

34 ゆりこさんはどのホテルにしようと思っていますか。

1 リーセントホテル

2 太泉閣

3 ひがし屋ホテル

4 若松本店

35 海で泳いだり、温泉にも入りたいが、あまりお金をかけたくない人なら、どのホテルがいいですか。

1 リーセントホテル

2 太泉閣

3 ひがし屋ホテル

4 若松本店

A　ゆきこさんへの手紙

ゆきこさん、お元気ですか。

今度行く旅行のホテルを、インターネットで探してみました。温泉があって、テニスができるホテルです。ホテルにあるプールで泳げますから、海から少し遠くてもかまわないと思います。レストランは3つあって、中華と和食、洋食が選べます。「部屋から富士山も見える」とホテルのリストに書いてありました。なかなかいいホテルだと思います。ホテルの名前は○○です。ゆきこさんもそこでよかったら、予約するつもりです。お返事、お待ちしています。

4月20日

ゆりこ

B　ホテル　インフォメーション　リスト

旅館名	料金	レストラン	スポーツ施設/温泉	その他
リーセントホテル	2万円～3万円	ザ・トップ（洋） 彩風（和） ギャラクシー（バー）	P・T	海まで徒歩10分。
太泉閣	1万円～1.7万円	パティオ（洋） 桃李（中） ほかけ鮨（和）	P・T・温	全室から海が見えます。海まで5分。
ひがし屋ホテル	1.5万円～2.2万円	松風（和） 満天（中） レインボー（バー）	P・T・S・温	全室から富士山が見えます。
若松本店	1.5万円～2万円	セリーナ（洋） 銀河亭（和） 蓬莱（中）	P・T・温	富士山の眺めが最高。

レストラン　（洋）洋食　（中）中華料理　（和）和食　（バー）バー

スポーツ施設　P：プール　T：テニス　S：スキー　温：温泉

もんだいようし
問題用紙

N4

ちょうかい
聴解

（35分）

注　　意
Notes

1. 「始め」の合図があるまで、この問題用紙を開けないでください。
   Do not open this question booklet before the test begins.
2. この問題用紙を持ち帰ることはできません。
   Do not take this question booklet with you after the test.
3. 受験番号と名前を下の欄に、受験票と同じようにはっきりと書いてください。
   Write your registration number and name clearly in each box below as written on your test voucher.
4. この問題用紙は、全部で14ページあります。
   This question booklet has 14 pages.
5. 問題には解答番号の①、②、③…が付いています。解答は、解答用紙にある同じ番号の解答欄にマークしてください。
   One of the row numbers①,②,③…is given for each question. Mark your answer in the same row of the answersheet.

受験番号　Examinee Registration Number	

名前　Name	

N4 聴解 解答用紙

受験番号 Examinee Registration Number		名前 Name	

〈 ちゅうい Notes 〉

1. くろいえんぴつ（HB、No.2）でかいてください。
   Use a black medium soft (HB or NO.2) pencil.
2. かきなおすときは、けしゴムできれいにけしてください。
   Erase any unintended marks completely.
3. きたなくしたり、おったりしないでください。
   Do not soil or bend this sheet.
4. マークれい Marking examples

よい Correct	わるい Incorrect

問題 1

1	①	②	③	④
2	①	②	③	④
3	①	②	③	④
4	①	②	③	④
5	①	②	③	④
6	①	②	③	④
7	①	②	③	④
8	①	②	③	④

問題 2

9	①	②	③	④
10	①	②	③	④
11	①	②	③	④
12	①	②	③	④
13	①	②	③	④
14	①	②	③	④
15	①	②	③	④

問題 3

16	①	②	③
17	①	②	③
18	①	②	③
19	①	②	③
20	①	②	③

問題 4

21	①	②	③
22	①	②	③
23	①	②	③
24	①	②	③
25	①	②	③
26	①	②	③
27	①	②	③
28	①	②	③

N4 第一回　聽解

問題1

問題1では、まず質問を聞いてください。それから話を聞いて、問題用紙の1から4の中から正しい答えを一つえらんでください。

1 MP3-01

1

2

3

4

2 MP3-02

1 8175 ~~1175~~	2 1875 ~~8175~~
3 8175 ~~1875~~	4 1175 ~~8175~~

3 MP3-03

1 ぎゅうにゅう1本。

2 ぎゅうにゅう2本。

3 ぎゅうにゅう1本とたまご。

4 ぎゅうにゅう2本とたまご。

4 MP3-04

1

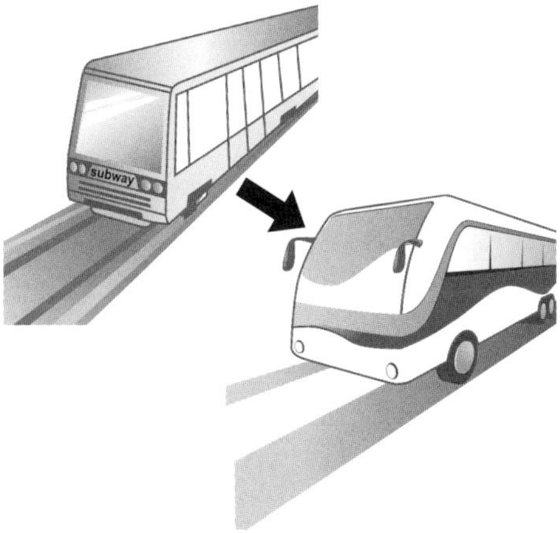

2

3

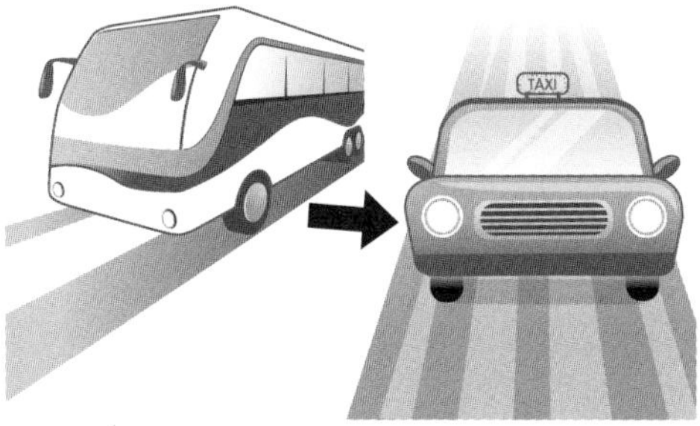

4

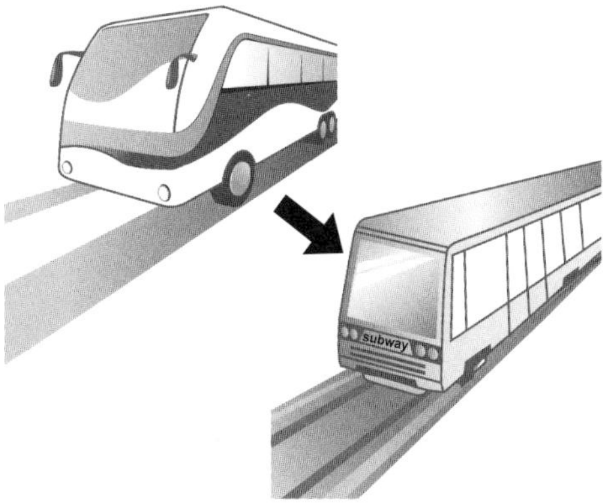

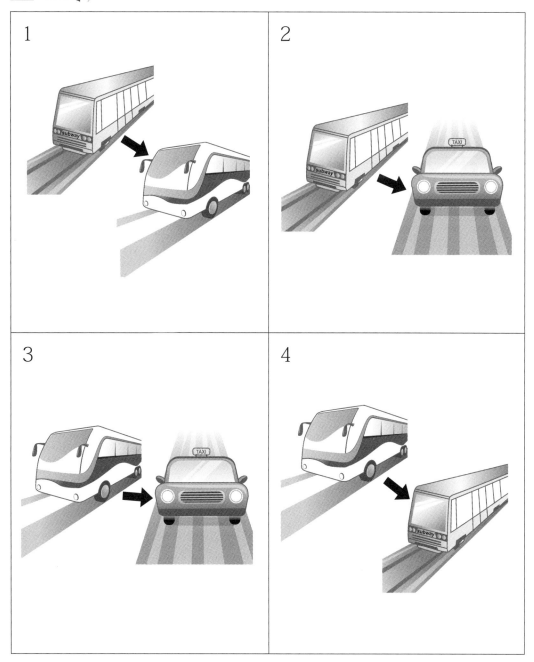

5 MP3-05

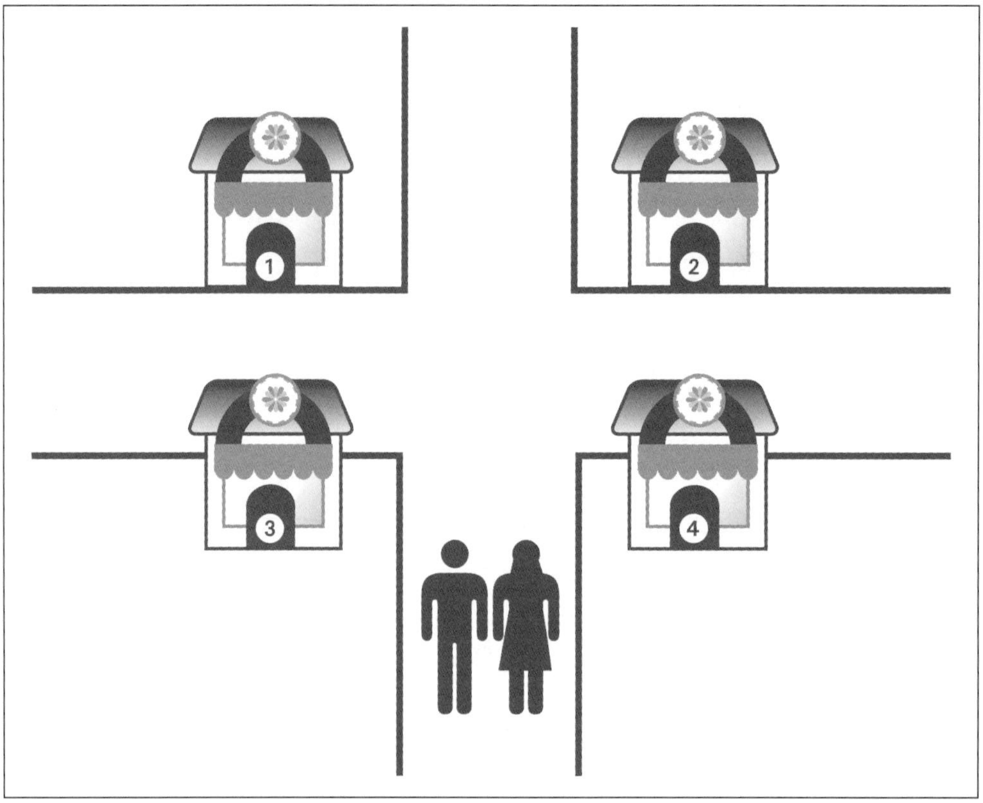

6 MP3-06

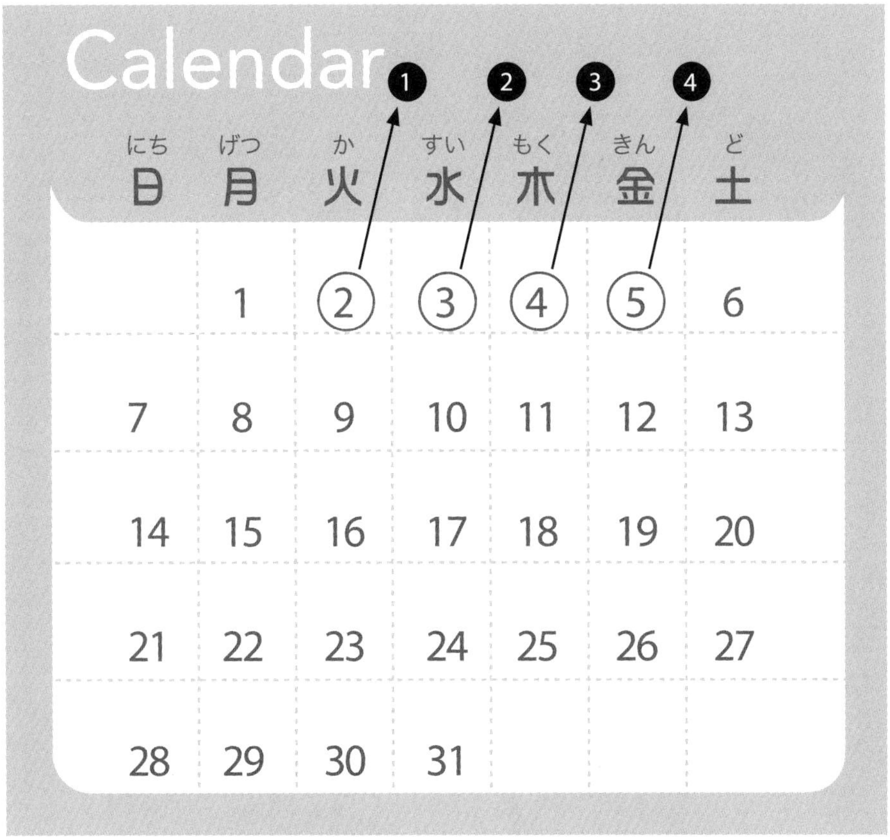
Calendar
1
2
3
4
にち 日
げつ 月
か 火
すい 水
もく 木
きん 金
ど 土
1 2 3 4 5 6
7 8 9 10 11 12 13
14 15 16 17 18 19 20
21 22 23 24 25 26 27
28 29 30 31

7 MP3-07

1 	2 
3 	4 

8 MP3-08

1 	2 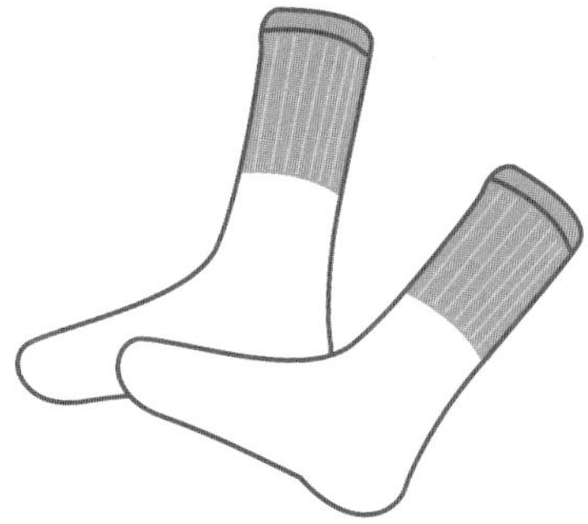
3 	4 

もんだい 問題2

問題2では、まず質問を聞いてください。そのあと、問題用紙を見てください。読む時間があります。それから話を聞いて、問題用紙の1から4の中から正しい答えを一つえらんでください。

9 MP3-09

1 遅くまで仕事をしているからです。

2 夜、子どもに起こされるからです。

3 お酒を飲みすぎるからです。

4 体の具合が悪いからです。

10 MP3-10

1 1日に2回、食事の前に飲みます。

2 1日に2回、食事のあとで飲みます。

3 1日に3回、食事の前に飲みます。

4 1日に3回、食事のあとで飲みます。

11 MP3-11

1 8時20分に駅の前です。

2 8時40分に学校の前です。

3 8時40分に駅の前です。

4 9時に駅の前です。

12 MP3-12

1 太郎くんはあまり勉強していませんが、
花子さんより数学ができます。

2 太郎くんはよく勉強していますが、
花子さんより数学ができません。

3 花子さんはあまり勉強していませんから、
太郎くんより数学ができません。

4 花子さんはよく勉強していますから、
太郎くんより数学ができます。

13 MP3-13

1 映画が好きな男の子です。

2 映画が好きな女の子です。

3 スポーツが好きな男の子です。

4 スポーツが好きな女の子です。

14 MP3-14

1 小さいですが、軽くないからです。

2 デザインがよくないからです。

3 値段が高いからです。

4 使い方が難しいからです。

15 MP3-15

1曇りで、25度以上です。

2曇りで、25度以下です。

3晴れで、25度以上です。

4晴れで、25度以下です。

問題3

問題3では、えを見ながら質問を聞いてください。それから、正しい答えを1から3の中から一つえらんでください。

16 MP3-16

17 MP3-17

18 MP3-18

19 MP3-19

20 MP3-20

もんだい
問題4

問題4では、えなどがありません。まず、文を聞いてください。それから、その返事を聞いて、1から3の中から正しい答えを一つえらんでください。

― メモ ―

21 MP3-21

22 MP3-22

23 MP3-23

24 MP3-24

25 MP3-25

26 MP3-26

27 MP3-27

28 MP3-28

N4

第二回模擬試題

もんだいようし

N4

げんごちしき（もじ・ごい）

（30分）

注　意
Notes

1. 「始め」の合図があるまで、この問題用紙を開けないでください。
   Do not open this question booklet before the test begins.
2. この問題用紙を持ち帰ることはできません。
   Do not take this question booklet with you after the test.
3. 受験番号と名前を下の欄に、受験票と同じようにはっきりと書いてください。
   Write your registration number and name clearly in each box below as written on your test voucher.
4. この問題用紙は、全部で6ページあります。
   This question booklet has 6 pages.
5. 問題には解答番号の①、②、③…が付いています。解答は、解答用紙にある同じ番号の解答欄にマークしてください。
   One of the row numbers①,②,③…is given for each question. Mark your answer in the same row of the answersheet.

受験番号　Examinee Registration Number	

名前　Name	

N4 げんごちしき（もじ・ごい） かいとうようし

受験番号 Examinee Registration Number		名前 Name	

〈 ちゅうい Notes 〉

1. くろいえんぴつ（HB、No.2）でかいてください。
   Use a black medium soft (HB or NO.2) pencil.
2. かきなおすときは、けしゴムできれいにけしてください。
   Erase any unintended marks completely.
3. きたなくしたり、おったりしないでください。
   Do not soil or bend this sheet.
4. マークれい Marking examples

よい Correct	わるい Incorrect
●	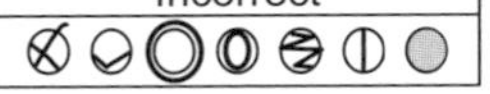

もんだい 1				
1	①	②	③	④
2	①	②	③	④
3	①	②	③	④
4	①	②	③	④
5	①	②	③	④
6	①	②	③	④
7	①	②	③	④
8	①	②	③	④
9	①	②	③	④

もんだい 2				
10	①	②	③	④
11	①	②	③	④
12	①	②	③	④
13	①	②	③	④
14	①	②	③	④
15	①	②	③	④

もんだい 3				
16	①	②	③	④
17	①	②	③	④
18	①	②	③	④
19	①	②	③	④
20	①	②	③	④
21	①	②	③	④
22	①	②	③	④
23	①	②	③	④
24	①	②	③	④
25	①	②	③	④

もんだい 4				
26	①	②	③	④
27	①	②	③	④
28	①	②	③	④
29	①	②	③	④
30	①	②	③	④

もんだい 5				
31	①	②	③	④
32	①	②	③	④
33	①	②	③	④
34	①	②	③	④
35	①	②	③	④

N4 第二回　言語知識（文字・語彙）

もんだい1　＿＿＿の　ことばは　どう　よみますか。1・2・3・4から　いちばん　いい　ものを　ひとつ　えらんで　ください。

1 あねに　<u>手紙</u>を　書きました。

1 てがみ　　2 てかみ　　3 でがみ　　4 でかみ

2 <u>春</u>に　はなが　さきます。

1 はる　　2 なつ　　3 あき　　4 ふゆ

3 たなかさんの　でんわばんごうを　<u>教えて</u>　ください。

1 こたえて　　2 かえて　　3 ふえて　　4 おしえて

4 じかんが　ありませんから、<u>急いで</u>　ください。

1 すぐいで　　2 はやいで　　3 きゅういで　　4 いそいで

5 ろうかを　<u>走って</u>は　いけません。

1 はしって　　2 わたって　　3 かえって　　4 あるって

6 まいあさ　6時に　<u>起きます</u>。

1 あるきます　　2 いきます　　3 おきます　　4 できます

7 <u>特急</u>に　のれば、5時には　つきます。

1 とくきゅ　　2 とっきゅ　　3 とくきゅう　　4 とっきゅう

8 <u>火曜日</u>　えいがを　みに　いきましょう。

1 どようび　　2 かようび　　3 もくようび　　4 きんようび

9 じてんしゃで　がっこうに　<u>通って</u>　います。

1 とおって　2 かよって　3 とまって　4 かわって

もんだい2　＿＿＿の　ことばは　どう　かきますか。1・2・3・4から　いちばん　いい　ものを　ひとつ　えらんで　ください。

10 <u>げつようび</u>は　いつもより　つかれます。

1 日曜日　2 月曜日　3 火曜日　4 水曜日

11 日本人は　おしょうがつに　<u>きもの</u>を　きます。

1 来物　2 切物　3 着物　4 看物

12 <u>かいじょう</u>の　いりぐちで　待ち合わせましょう。

1 合場　2 会場　3 合揚　4 会揚

13 ははは　さきに　うちへ　<u>かえりました</u>。

1 返りました　2 戻りました　3 帰りました　4 掃りました

14 その　ことばは　きのう　<u>ならった</u>。

1 書った　2 読った　3 習った　4 学った

15 としょかんから　ほんを　<u>かりた</u>。

1 借りた　2 貸りた　3 買りた　4 書りた

もんだい3　（　　）に　なにを　いれますか。1・2・3・4から　いちばん　いい　ものを　ひとつ　えらんで　ください。

16 この　まちには、くすりやは　（　　）しか　ありません。

1 いっけん　2 いっこ　3 いちだい　4 いっかい

17 この　みちは　よる　くらくて　（　　）。

1 よわい　2 こわい　3 おもい　4 つよい

18 210円の　かいものを　して　1000円　出すと、（　　）は　790円だ。

1 おつり　2 おかね　3 おさら　4 おさつ

19 くにの　友だちが　くるので、えきへ　（　　）　いきました。

1 おくりに　2 あつめに　3 ひろいに　4 むかえに

20 とうきょう大学の　にゅうがくしけんを　（　　）　つもりです。

1 する　2 うける　3 でる　4 さんかする

21 わたしは　（　　）　ビールが　大好きです。

1 あたたかい　2 すずしい　3 さむい　4 つめたい

22 （　　）　たなかさんと　いう　人が　きましたよ。

1 ちっとも　2 もうすぐ　3 ほとんど　4 さっき

23 テレビの　（　　）が　おかしいから、しゅうりに　だして　ください。

1 つごう　2 きぶん　3 ぐあい　4 きもち

24 しごとを　やめる　とき、りょうしんに　（　　）しました。

1 うんてん　2 けっこん　3 そうだん　4 いけん

25 （　　　）を　つけて、あかるく　しました。

1 でんき　　2 クーラー　　3 れいぞうこ　　4 ストーブ

もんだい4　＿＿＿の　ぶんと　だいたい　おなじ　いみの　ぶんが　あります。1・2・3・4から　いちばん　いい　ものを　ひとつ　えらんで　ください。

26 ちちは　ずっと　おなじ　かいしゃで　はたらいて　います。

1 ちちは　しごとを　かえた　ことが　ありません。

2 ちちは　いちど　かいしゃを　かえた　ことが　あります。

3 ちちは　いえに　ちかい　かいしゃで　はたらきたがって　います。

4 ちちは　ほかの　かいしゃに　はいった　ことが　あります。

27 きんじょに　こうえんが　あります。

1 うちの　ちかくに　こうえんが　あります。

2 こうがいに　こうえんが　あります。

3 まちに　こうえんが　あります。

4 いなかに　こうえんが　あります。

28 この　きょうしつには　せんせいと　がくせい　いがいは　入らないで　ください。

1 この　きょうしつには　せんせいと　がくせいは　入っても　いいです。

2 この　きょうしつには　せんせいと　がくせいは　入っては　いけません。

3 この　きょうしつには　だれでも　入って　いいです。

4 この　きょうしつには　だれも　入っては　いけません。

29 てがみは　ひきだしに　入って　います。

1 てがみは　ポケットに　入って　います。

2 てがみは　かばんの　中に　入って　います。

3 てがみは　はこの　中に　入って　います。

4 てがみは　つくえの　中に　入って　います。

30 わたしは　りんごを　かって　きました。

1 わたしは　にくやへ　行きました。

2 わたしは　とこやへ　行きました。

3 わたしは　ほんやへ　行きました。

4 わたしは　やおやへ　行きました。

もんだい5　つぎの　ことばの　つかいかたで　いちばん　いい　ものを　1・2・3・4から　ひとつ　えらんで　ください。

31 それとも

1 にちようびに　うちで　テレビを　みます。それとも　えいがを　みに　いきます。

2 きょう　それとも　あした　そちらへ　いきます。

3 コーヒーに　しますか。それとも　こうちゃに　しますか。

4 のみものは　ビール　それとも　ジュースに　しましょう。

32 そろそろ

1 あめが　そろそろ　ふりだしました。

2 おきてから、そろそろ　はを　みがきます。

3 あさ　コーヒーを　のみながら、そろそろ　しんぶんを　よみます。

4 もう　9じですね。そろそろ　かえりましょう。

33 だんだん

1 <u>だんだん</u>　あつく　なって　きました。

2 にちようびには　<u>だんだん</u>　ねて　います。

3 じゅぎょうは　<u>だんだん</u>　おわりました。

4 えいがを　みて　<u>だんだん</u>　わらいました。

34 じゅうしょ

1 クラスメートに　せんせいの　Eメールの　<u>じゅうしょ</u>を　おしえました。

2 ここに　<u>じゅうしょ</u>と　でんわばんごうを　かいて　ください。

3 こうえんの　となりの　<u>じゅうしょ</u>は　しょうがっこうです。

4 かいぎしつの　<u>じゅうしょ</u>は　6かいです。

35 げんき

1 あの　こうえんは　いつも　<u>げんき</u>です。

2 そぼは　めが　<u>げんき</u>です。

3 あの　じてんしゃは　<u>げんき</u>に　はしって　います。

4 ゆっくり　やすんだら　<u>げんき</u>に　なりました。

問題用紙（もんだいようし）

N4

言語知識（げんごちしき）（文法（ぶんぽう））・読解（どっかい）

（60分）

注　意

Notes

1. 「始め」の合図があるまで、この問題用紙を開けないでください。
   Do not open this question booklet before the test begins.
2. この問題用紙を持ち帰ることはできません。
   Do not take this question booklet with you after the test.
3. 受験番号と名前を下の欄に、受験票と同じようにはっきりと書いてください。
   Write your registration number and name clearly in each box below as written on your test voucher.
4. この問題用紙は、全部で9ページあります。
   This question booklet has 9 pages.
5. 問題には解答番号の①、②、③…が付いています。解答は、解答用紙にある同じ番号の解答欄にマークしてください。
   One of the row numbers①,②,③…is given for each question. Mark your answer in the same row of the answersheet.

受験番号　Examinee Registration Number	

名前　Name	

N4 言語知識（文法）・読解 解答用紙

受験番号 Examinee Registration Number	

名前 Name	

〈ちゅうい Notes〉

1. くろいえんぴつ（HB、No.2）でかいてください。
   Use a black medium soft (HB or NO.2) pencil.
2. かきなおすときは、けしゴムできれいにけしてください。
   Erase any unintended marks completely.
3. きたなくしたり、おったりしないでください。
   Do not soil or bend this sheet.
4. マークれい Marking examples

よい Correct	わるい Incorrect
●	⊗ ◎ ○ ◎ ⊘ ◐ ◯

もんだい 1				
1	①	②	③	④
2	①	②	③	④
3	①	②	③	④
4	①	②	③	④
5	①	②	③	④
6	①	②	③	④
7	①	②	③	④
8	①	②	③	④
9	①	②	③	④
10	①	②	③	④
11	①	②	③	④
12	①	②	③	④
13	①	②	③	④
14	①	②	③	④
15	①	②	③	④
もんだい 2				
16	①	②	③	④
17	①	②	③	④
18	①	②	③	④
19	①	②	③	④
20	①	②	③	④

もんだい 3				
21	①	②	③	④
22	①	②	③	④
23	①	②	③	④
24	①	②	③	④
25	①	②	③	④
もんだい 4				
26	①	②	③	④
27	①	②	③	④
28	①	②	③	④
29	①	②	③	④
もんだい 5				
30	①	②	③	④
31	①	②	③	④
32	①	②	③	④
33	①	②	③	④
もんだい 6				
34	①	②	③	④
35	①	②	③	④

N4 第二回　言語知識（文法）・讀解

もんだい1　（　　）に　何を　入れますか。1・2・3・4から　いちばん　いい　ものを　一つ　えらんで　ください。

1 その　カメラの　（　　）に　おどろいた。

1 かるい　2 かるく　3 かるくて　4 かるさ

2 佐藤さん（　　）　いう　人を　知って　いますか。

1 を　2 か　3 と　4 が

3 先生は　何時に　（　　）か。

1 帰りに　なりました　2 帰りに　なられました

3 帰りしました　4 帰られました

4 わたしが　子どもの　ふくを　洗って　（　　）。

1 くださった　2 くれた　3 さしあげた　4 やった

5 きょうは　午後から　あめが　（　　）はじめました。

1 ふる　2 ふり　3 ふって　4 ふろう

6 あの　人は　日本語が　（　　）　らしいです。

1 できる　2 でき　3 できよう　4 できて

7 A「ここで　少し　休みますか」

B「はい。子どもたちも　（　　）」

1 休みたいです　2 休みたかったです

3 休みたがります　4 休みたがって　います

8 きのう　先生が　入院した　（　　　）を　聞きました。

1 もの　　2 こと　　3 ため　　4 はず

9 大学に　（　　　）　ぶんがくを　べんきょうしよう。

1 入ると　　2 入れば　　3 入ったら　　4 入るなら

10 わたしは　おとうと（　　　）　カメラを　こわされました。

1 を　　2 が　　3 に　　4 と

11 3じかんも　（　　　）つづけて　いるので、足が　いたく　なりました。

1 あるく　　2 あるき　　3 あるいて　　4 あるけ

12 にく（　　　）　食べないで、やさいも　食べて　ください。

1 しか　　2 だけ　　3 ばかり　　4 も

13 びょうきなら、うちで　ゆっくり　（　　　）　ほうが　いいですよ。

1 やすむ　　2 やすんだ　　3 やすんで　　4 やすまない

14 花子さんの　お父さんは　（　　　）　そうですよ。

1 先生　　2 先生の　　3 先生で　　4 先生だ

15 あした　田中さんが　来る（　　　）　どうか　わかりません。

1 で　　2 か　　3 が　　4 へ

もんだい2　＿★＿に　入る　ものは　どれですか。1・2・3・4から　いちばん
いい　ものを　一つ　えらんで　ください。

16 本は　図書館で　＿＿＿　＿★＿　＿＿＿　＿＿＿　います。
1 して　　2 借りる　　3 こと　　4 に

17 テレビでは　＿＿＿　＿＿＿　＿★＿　＿＿＿　ですか。
1 好き　　2 一番　　3 ばんぐみが　　4 どんな

18 今年の 試験は 去年の　＿＿＿　＿★＿　＿＿＿　＿＿＿　です。
1 そう　　2 むずかしい　　3 試験　　4 より

19 タバコは　＿★＿　＿＿＿　＿＿＿　＿＿＿　ですよ。
1 が　　2 ほう　　3 やめた　　4 いい

20 ＿＿＿　＿＿＿　＿＿＿　＿★＿　動かない。
1 が　　2 まま　　3 車　　4 とまった

もんだい3　**21**から　**25**に　何を　入れますか。1・2・3・4から　いちばん
いい　ものを　一つ　えらんで　ください。

私は　会社員です。うちは　神奈川県に　あります。会社は　新宿に　あります。うちから　新宿 **21**　電車で　1時間半です。朝、時間が　ありませんから、朝ごはんは　食べません。会社の　隣の　喫茶店 **22**　コーヒーを　飲みます。私は　コーヒーが　好きです。昼ごはんは　会社の　近くの　食堂で　食べます。私は　野菜が　あまり　好きでは　ありませんから、いつも、カレーライスやラーメンなどを　食べます。

会社は　朝9時から　夕方5時までです。でも、毎日　午後8時ごろまで残業します。**23**、よく　居酒屋で　お酒を　飲みます。12時 **24** うちへ帰ります。そして　1時に　寝ます。

日曜日は　休みです。私は　日曜日に　うちで　テレビを　見ます。スポーツ **25** 好きですから、よく　スポーツの　ばんぐみを　見ます。ときどき、日曜日も会社で　仕事を　します。

21

1 に　　2 で　　3 まで　　4 へ

22

1 に　　2 で　　3 まで　　4 へ

23

1 それから　　2 それで　　3 そこで　　4 しかし

24

1 ため　　2 ばかり　　3 ぐらい　　4 ごろ

25

1 を　　2 が　　3 で　　4 に

**もんだい4　つぎの文章を読んで、質問に答えてください。答えは1・2・3・4から
いちばんいいものを一つえらんでください。**

4月10日（土）

おととい、日月潭（にちげつたん）へ着いた。日月潭（にちげつたん）というのは、台湾で一番大きな湖のことで、有名な観光地として知られている。朝と夕方、おおぜいの人が湖の周りを散歩する。きのう、湖のそばにあるホテルに泊まって、今朝私もその周りを散歩した。
涼しくて、気持ちがよかった。

26 筆者はいつ日月潭（にちげつたん）へ着きましたか。

1 4月7日です。
2 4月8日です。
3 4月9日です。
4 4月10日です。

4月11日（日）

昼は、観光に行った。古い寺を見て、それから、買い物に行った。大きい店はないが、小さい店がたくさんあって、買い物をするのがとても楽しい。私は、ある小さい店で黒い卵を買った。黒い卵を食べたことはなかったから、ちょっと変だと思ったが、食べてみた。そしたら、とてもおいしかった。

楽しい1日だった。

27 筆者はその黒い卵を食べましたか。

1 いいえ、買いましたが、食べませんでした。
2 いいえ、ちょっと変だと思いましたから、食べませんでした。
3 はい、食べましたが、ちょっと変だと思っています。
4 はい、食べました。おいしいと思いました。

9月7日（金）

きのう、出張で日本へ来た。田中さんが空港まで迎えに来てくれて、いっしょに食事して、お酒を飲んだ。たくさん飲んだので、今朝は遅く起きた。11時半だった。気持ちが悪くて、何も食べたくなかった。テレビをつけたが、テレビの日本語はとても速いから、ぜんぜんわからなかった。気持ちが悪かったから、また寝た。

28 この人はどうして何も食べませんでしたか。

1 遅く起きたから。

2 ゆうべたくさん食べたから。

3 お酒をたくさん飲んだから。

4 テレビがおもしろかったから。

日本人は昔は着物を着ていましたが、明治時代（1868～1912）のはじめごろから洋服を着るようになりました。そして、第二次世界大戦（1939～1945）が終わってからは、ほとんど洋服になりました。今では、着物は正月や結婚式のときなど、ときどき着るだけです。

29 本文の説明について正しいのはどれですか。

1 今では、日本人は着物を着ません。

2 20世紀ごろから洋服を着るようになりました。

3 第二次世界大戦の後は、みんな洋服を着ます。

4 お正月には着物を着なければなりません。

もんだい5　つぎの文章を読んで、質問に答えてください。答えは1・2・3・4から いちばんいいものを一つえらんでください。

A 地震

日本は地震の多い国である。1年間に千回ぐらいある。この回数を聞くと、外国人はたいていびっくりする。しかし、日本人は小さい地震なら、あまり心配しない。日本では地震の研究が進んでいるので、丈夫な建物が多い。だから、地震があっても、建物が倒れることはあまりないのである。お寺や大仏など、昔の古い物も倒れずに、たくさん残っている。

もし、地震が起きたら、どうしたらいいのか。火を使っていれば、すぐその火を消さなければならない。家が倒れるより火事になる方が危険なのである。それから、戸や窓を開けて、すぐ外へ出ない方が安全である。もし、上から何か落ちてきたら、危ないから、机やベッドなどの下に入る。1分ぐらいたてば、地震が続いていても、大丈夫だから、火やガスなどが安全かどうか、調べる。大きい地震があった時は、ラジオやテレビで放送するから、よく聞いて、正しいニュースを知ることが大切である。

外にいる時、地震が起きたら、建物のそばを歩かないほうがいい。特に高いビルのそばは危険である。窓のガラスが割れて、落ちてくることが多いからである。

（東京外国語大学付属日本語学校『初級日本語』による）

30 地震が起きた時、火を使っていたら、どうしなければなりませんか。

1 すぐ外へ出なければなりません。

2 すぐ戸や窓を開けなければなりません。

3 すぐ机やベッドの下に入らなければなりません。

4 すぐ火を消さなければなりません。

31 地震が起きたら、すぐ外へ出たほうがいいですか。どうしてですか。

1 はい、すぐ外へ出たほうがいいです。部屋の上から何か落ちてきますから。

2 いいえ、すぐ外へ出ないほうがいいです。窓のガラスが割れて、落ちてきますから。

3 はい、すぐ外へ出たほうがいいです。ドアが開かなくなりますから。

4 いいえ、すぐ外へ出ないほうがいいです。建物が倒れますから。

32 外にいる時、地震が起きたら、どんなことに気をつけなければなりませんか。

1 火やガスが安全かどうか、調べることです。

2 ビルのそばを歩かないようにすることです。

3 ラジオをよく聞いて、正しいニュースを知ることです。

4 火事にならないようにすることです。

33 日本では、どうして地震で建物が倒れることがあまりありませんか。

1 小さい地震ばかりですから。

2 地震の研究が進んでいますから。

3 1年間に1000回だけありますから。

4 地震の予知ができますから。

もんだい6　もんだい5のA「地震」とつぎのBを読んで、質問に答えてください。
答えは1・2・3・4からいちばんいいものを一つえらんでください。

B　日本は地震の多い国です。地震の前と地震が来た時にどうしたらよいかを読みなさい。

地震の前	①　水、食料、ラジオ、薬などを用意しておく。
	②　高いところのものが落ちてこないか調べておく。
	③　たんすや本棚を壁につけておく。
	④　家族や友だちと、会うところや連絡方法を決めておく。

地震が来たら	①　火を消す。
	②　机など丈夫なものの下に入る。
	③　すぐ外に出ない。
	④　窓やドアが開かなくなるので、開けておく。
	⑤　エレベーターは使わない。
	⑥　ラジオやテレビで正しい情報を知る。

34　A「地震」で「もし上から何か落ちてきたら、危ないから」とありますが、B「地震の前」の①・②・③・④のどれが、それと関係がありますか。2つえらんでください。

1 ①と②です。　　2 ③と④です。
3 ①と④です。　　4 ②と③です。

35　Bの「地震が来たら」の中で、A「地震」の文章の中にないものはどれですか。

1 すぐ外に出ない。
2 窓やドアが開かなくなるので、開けておく。
3 エレベーターは使わない。
4 ラジオやテレビで正しい情報を知る。

もんだいようし
問題用紙

N4

ちょうかい
聴解

（35分）

注　意
Notes

1. 「始め」の合図があるまで、この問題用紙を開けないでください。
   Do not open this question booklet before the test begins.
2. この問題用紙を持ち帰ることはできません。
   Do not take this question booklet with you after the test.
3. 受験番号と名前を下の欄に、受験票と同じようにはっきりと書いてください。
   Write your registration number and name clearly in each box below as written on your test voucher.
4. この問題用紙は、全部で15ページあります。
   This question booklet has 15 pages.
5. 問題には解答番号の①、②、③…が付いています。解答は、解答用紙にある同じ番号の解答欄にマークしてください。
   One of the row numbers①,②,③…is given for each question. Mark your answer in the same row of the answersheet.

受験番号　Examinee Registration Number	

名前　Name	

N4 聴解 解答用紙

受験番号 Examinee Registration Number		名前 Name	

〈 ちゅうい Notes 〉

1. くろいえんぴつ（HB、No.2）でかいてください。
   Use a black medium soft (HB or NO.2) pencil.
2. かきなおすときは、けしゴムできれいにけしてください。
   Erase any unintended marks completely.
3. きたなくしたり、おったりしないでください。
   Do not soil or bend this sheet.
4. マークれい Marking examples

よい Correct	わるい Incorrect
●	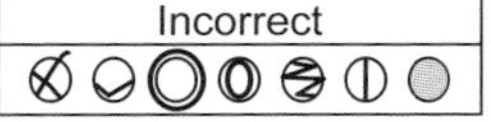

問題1

1	①	②	③	④
2	①	②	③	④
3	①	②	③	④
4	①	②	③	④
5	①	②	③	④
6	①	②	③	④
7	①	②	③	④
8	①	②	③	④

問題2

9	①	②	③	④
10	①	②	③	④
11	①	②	③	④
12	①	②	③	④
13	①	②	③	④
14	①	②	③	④
15	①	②	③	④

問題3

16	①	②	③
17	①	②	③
18	①	②	③
19	①	②	③
20	①	②	③

問題4

21	①	②	③
22	①	②	③
23	①	②	③
24	①	②	③
25	①	②	③
26	①	②	③
27	①	②	③
28	①	②	③

N4 第二回　聽解

もんだい
問題1

問題1では、まず質問を聞いてください。それから話を聞いて、問題用紙の1から4の中から正しい答えを一つえらんでください

1　MP3-29

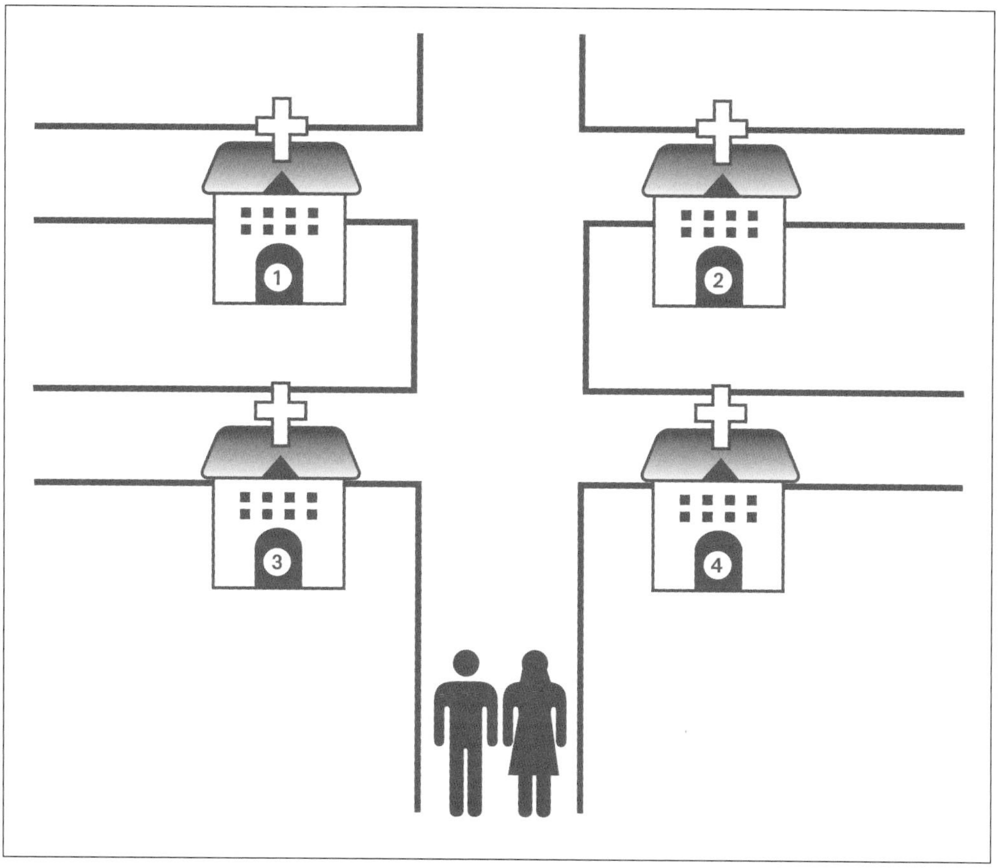

2 MP3-30

1

12
1
2
3
4
5
6
7
8
9
10
11

2

12
1
2
3
4
5
6
7
8
9
10
11

3

12
1
2
3
4
5
6
7
8
9
10
11

4

12
1
2
3
4
5
6
7
8
9
10
11

3 MP3-31

1 	2 
3 	4 

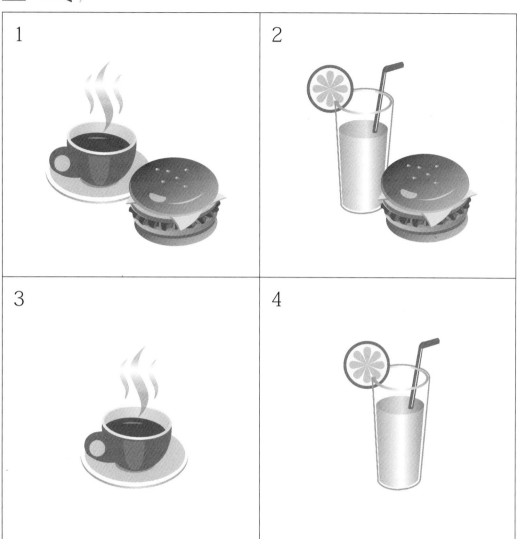

4 MP3-32

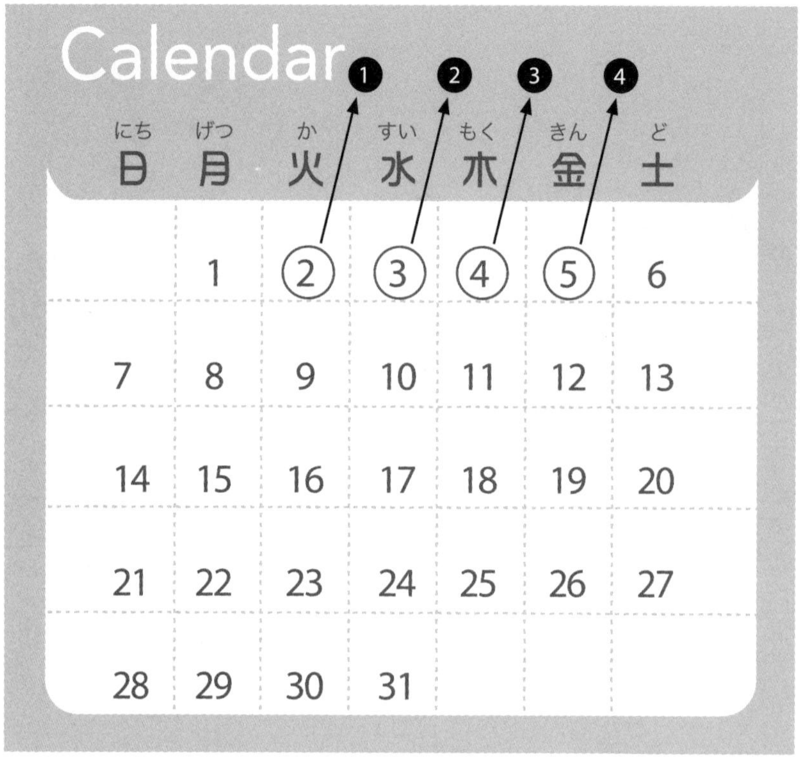
Calendar
1 2 3 4
にち 日
げつ 月
か 火
すい 水
もく 木
きん 金
ど 土
1 ② ③ ④ ⑤ 6
7 8 9 10 11 12 13
14 15 16 17 18 19 20
21 22 23 24 25 26 27
28 29 30 31

5 MP3-33

6 MP3-34

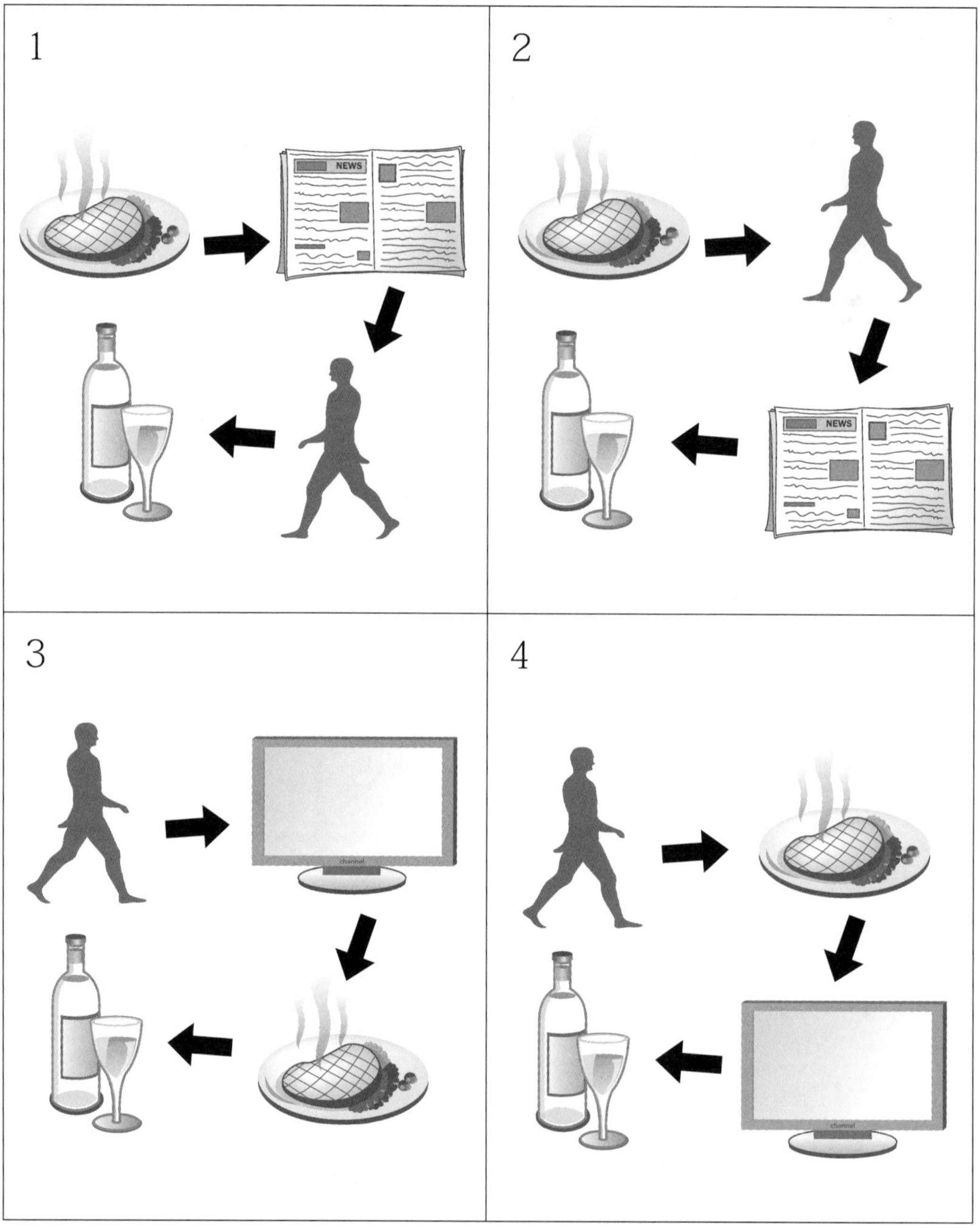

7 MP3-35

1

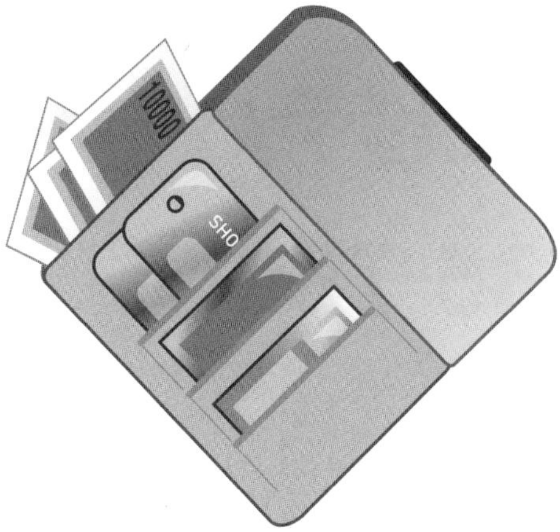

2

3

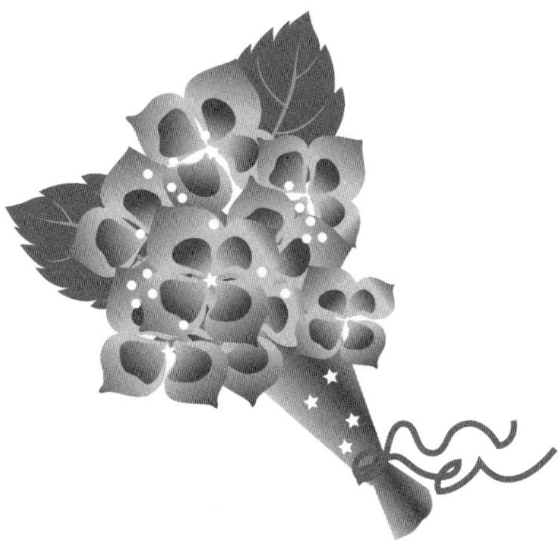

4

8 MP3-36

1 市立図書館 36-7894	2 三越デパート 36-7894
3 市立図書館 36-9478	4 三越デパート 36-9478

問題2

問題2では、まず質問を聞いてください。そのあと、問題用紙を見てください。読む時間があります。それから話を聞いて、問題用紙の1から4の中から正しい答えを一つえらんでください。

9 MP3-37

1 日本語が話せないので、3階にコピーの紙を取りに行くことができません。

2 忙しいので、3階にコピーの紙を取りに行くことができません。

3 コピーの紙がなくなったので、3階に取りに行きます。

4 女の人にコピーしてあげます。

10 MP3-38

1 真由美さんに高橋さんから電話があったと伝えます。

2 伝言をお願いします。

3 真由美さんからの電話を待っています。

4 9時ごろ電話します。

11 MP3-39

1 車で来ますから。

2 電車がすいていますから。

3 遅くなると、電車が込みますから。

4 遅くなると、道が込みますから。

12 MP3-40

1 女の人は後でゲームを買いに行く。

2 女の人は後で木村さんにゲームをやらせる。

3 木村さんは後でゲームをやる。

4 木村さんは後で女の人にゲームをやらせる。

13 MP3-41

1 ジョギングはしてもいいですが、テニスはしてはいけません。

2 ジョギングはしてはいけませんが、テニスはしてもいいです。

3 ジョギングしてもいいし、テニスもしていいです。

4 ジョギングもテニスもしてはいけません。

14 MP3-42

1 会議室にありました。

2 引き出しにありました。

3 男の人のところにありました。

4 女の人のところにありました。

15 MP3-43

1 はい、参加します。

2 いいえ、参加しません。

3 参加するかどうか迷っています。

4 あさってになってから決めます。

問題3

問題3では、えを見ながら質問を聞いてください。それから、正しい答えを1から3の中から一つえらんでください。

16 MP3-44

17 MP3-45

18 MP3-46

19 MP3-47

20 MP3-48

問題4

問題4では、えなどがありません。まず、文を聞いてください。それから、その返事を聞いて、1から3の中から正しい答えを一つえらんでください。

— メモ —

21 MP3-49

22 MP3-50

23 MP3-51

24 MP3-52

25 MP3-53

26 MP3-54

27 MP3-55

28 MP3-56

N4

第三回模擬試題

もんだいようし

N4

げんごちしき（もじ・ごい）

（30分）

注　　意
Notes

1. 「始め」の合図があるまで、この問題用紙を開けないでください。
   Do not open this question booklet before the test begins.
2. この問題用紙を持ち帰ることはできません。
   Do not take this question booklet with you after the test.
3. 受験番号と名前を下の欄に、受験票と同じようにはっきりと書いてください。
   Write your registration number and name clearly in each box below as written on your test voucher.
4. この問題用紙は、全部で6ページあります。
   This question booklet has 6 pages.
5. 問題には解答番号の①、②、③…が付いています。解答は、解答用紙にある同じ番号の解答欄にマークしてください。
   One of the row numbers①,②,③…is given for each question. Mark your answer in the same row of the answersheet.

受験番号　Examinee Registration Number	

名前　Name	

N4 げんごちしき（もじ・ごい） かいとうようし

受験番号 Examinee Registration Number		名前 Name	

〈 ちゅうい Notes 〉

1. くろいえんぴつ（HB、No.2）でかいてください。
   Use a black medium soft（HB or NO.2）pencil.
2. かきなおすときは、けしゴムできれいにけしてください。
   Erase any unintended marks completely.
3. きたなくしたり、おったりしないでください。
   Do not soil or bend this sheet.
4. マークれい Marking examples

よい Correct	わるい Incorrect
●	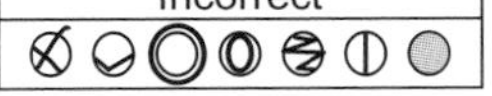

もんだい 1

1	①	②	③	④
2	①	②	③	④
3	①	②	③	④
4	①	②	③	④
5	①	②	③	④
6	①	②	③	④
7	①	②	③	④
8	①	②	③	④
9	①	②	③	④

もんだい 2

10	①	②	③	④
11	①	②	③	④
12	①	②	③	④
13	①	②	③	④
14	①	②	③	④
15	①	②	③	④

もんだい 3

16	①	②	③	④
17	①	②	③	④
18	①	②	③	④
19	①	②	③	④
20	①	②	③	④
21	①	②	③	④
22	①	②	③	④
23	①	②	③	④
24	①	②	③	④
25	①	②	③	④

もんだい 4

26	①	②	③	④
27	①	②	③	④
28	①	②	③	④
29	①	②	③	④
30	①	②	③	④

もんだい 5

31	①	②	③	④
32	①	②	③	④
33	①	②	③	④
34	①	②	③	④
35	①	②	③	④

N4 第三回 言語知識（文字・語彙）

もんだい1 ＿＿＿の ことばは どう よみますか。1・2・3・4から いちばん いい ものを ひとつ えらんで ください。

1 あしたは しけんが あるから 勉強しなければ ならない。

1 べんきゅ　2 べんきょ　3 べんきゅう　4 べんきょう

2 ちかくに 八百屋が あります。

1 はくや　2 はちや　3 やおや　4 はっぴゃくや

3 その みせには 品物が たくさん あって べんりです。

1 ひんぶつ　2 ひんもの　3 しなもの　4 しなぶつ

4 さいきん すこし めが 悪く なりました。

1 よわく　2 ひどく　3 わるく　4 よおく

5 去年の おしょうがつに にほんへ いきました。

1 きょねん　2 きょうねん　3 さくねん　4 さくとし

6 祖母は だれにでも しんせつな 人です。

1 そふ　2 そぶ　3 そぼ　4 そば

7 あの せんせいは 世界の れきしに ついて けんきゅうして います。

1 せいかい　2 せかい　3 せいがい　4 せがい

8 夕方に なって、あめが ふりだした。

1 ゆかた　2 ゆうかた　3 ゆがた　4 ゆうがた

9 うちの　台所は　せまいです。

1 たいところ　　2 たいどころ　　3 だいところ　　4 だいどころ

もんだい2　＿＿＿の　ことばは　どう　かきますか。1・2・3・4から　いちばん　いい　ものを　ひとつ　えらんで　ください。

10 きかいは　ただしく　つかって　ください。

1 丘しく　　2 止しく　　3 上しく　　4 正しく

11 きのうは　友だちと　テニスを　したり　映画を　みたりして、たのしい　1日でした。

1 親しい　　2 悲しい　　3 楽しい　　4 嬉しい

12 あねと　おなじ　先生に　おんがくを　ならった。

1 兄　　2 姉　　3 弟　　4 妹

13 まいあさ　ジュースを　のみながら、しんぶんを　よみます。

1 読み　　2 飲み　　3 食み　　4 込み

14 まちへ　いって　かいものを　しました。

1 村　　2 町　　3 市　　4 道

15 らいげつの　いつかは　ちちの　たんじょうびです。

1 3日　　2 5日　　3 7日　　4 9日

もんだい3　（　　　）に　なにを　いれますか。1・2・3・4から　いちばん　いい　ものを　ひとつ　えらんで　ください。

16 木村さんが　たいわんへ　きた　とき、わたしが　（　　　）して　あげました。

1 けんぶつ　　2 よてい　　3 うんどう　　4 あんない

17 ははに　てがみを　見られて　とても　（　　　）。

1 よろしかった　　2 おいしかった　　3 たのしかった　　4 はずかしかった

18 わたしは　あにより　（　　　）が　つよいです。

1 せなか　　2 あたま　　3 ちから　　4 げんき

19 さきに　神戸に　（　　　）、それから　大阪へ　いく　よていです。

1 かよって　　2 よって　　3 とおって　　4 つうじて

20 ぼうしを　（　　　）　いる　ひとは　田中さんです。

1 しめて　　2 かけて　　3 かぶって　　4 つけて

21 あの　としょかんでは、1人　5（　　　）まで　本を　借りる　ことが　できる。

1 けん　　2 さつ　　3 だい　　4 えん

22 じしんで　ビルが　（　　　）　しまった。

1 やぶれて　　2 おれて　　3 たおれて　　4 わかれて

23 わたしは　小さい　ときから、にっきを　（　　　）。

1 かかって　います　　2 かけて　います

3 ついて　います　　4 つけて　います

24 （　　　）の　てんが　わるかったので、ちちに　しかられました。

1 テキスト　　2 ノート　　3 テスト　　4 コンサート

25 のどが　（　　　）ね。なにか　のみましょうか。

1 すきました　　2 かわきました　　3 わきました　　4 やきました

もんだい4　＿＿＿の　ぶんと　だいたい　おなじ　いみの　ぶんが　あります。1・2・3・4から　いちばん　いい　ものを　ひとつ　えらんで　ください。

26 <u>きかいを　べんきょうする　つもりです。</u>

1 きかいの　べんきょうを　する　ことが　できます。
2 きかいの　べんきょうを　する　はずです。
3 きかいの　べんきょうを　しようと　おもって　います。
4 きかいの　べんきょうを　する　らしいです。

27 <u>この　いすは　じゃまです。</u>

1 この　いすは　べんりです。
2 この　いすは　たいせつです。
3 この　いすは　ひつようが　ありません。
4 この　いすは　やくに　たちます。

28 <u>ふくが　よごれて　います。</u>

1 ふくが　きれいです。
2 ふくが　きたないです。
3 ふくが　おおいです。
4 ふくが　おおきいです。

29 ひとりで　この　しごとを　するのは　むりです。

1 ひとりで　この　しごとが　できます。

2 ひとりで　この　しごとを　させます。

3 ひとりで　この　しごとが　できません。

4 ひとりで　この　しごとを　させません。

30 この　あたりは　よる　きけんです。

1 この　あたりは　よる　べんりです。

2 この　あたりは　よる　さびしいです。

3 この　あたりは　よる　にぎやかです。

4 この　あたりは　よる　あぶないです。

もんだい5　つぎの　ことばの　つかいかたで　いちばん　いい　ものを　1・2・3・4から　ひとつ　えらんで　ください。

31 すると

1 ダンスは　からだに　いいです。すると、まいにち　れんしゅうします。

2 あめが　ふって　います。すると、でかけません。

3 きょうは　つまの　たんじょうびです。すると、はやく　かえらなければ　なりません。

4 ボタンを　おしました。すると、ドアが　あきました。

32 やっと

1 さいふは　やっと　おちて　しまいました。

2 あの　ひとの　なまえを　やっと　わすれました。

3 しけんに　やっと　しっぱいして、がっかりでした。

4 じしょを　しらべて　ことばの　いみが　やっと　わかりました。

33 あける

1 らいしゅう　パーティーを　<u>あけよう</u>と　おもって　います。

2 くらいですから、でんきを　<u>あけて</u>　ください。

3 では、じゅぎょうを　はじめましょう。テキストの　16ページを　<u>あけ</u>なさい。

4 あついですから、まどを　<u>あけて</u>　ください。

34 にがい

1 わかれが　<u>にがい</u>です。

2 ねつが　あって　<u>にがい</u>です。

3 その　しごとは　<u>にがく</u>ないです。

4 この　くすりは　<u>にがい</u>です。

35 くださる

1 おかあさんに　おかねを　<u>くださいました</u>。

2 こどもは　とけいを　<u>くださいました</u>。

3 しゃちょうは　ネクタイを　<u>くださいました</u>。

4 先生に　じしょを　<u>くださいました</u>。

もんだいようし
問題用紙

N4

げんごちしき　ぶんぽう　どっかい
言語知識（文法）・読解

（60分）

注　意
Notes

1. 「始め」の合図があるまで、この問題用紙を開けないでください。
   Do not open this question booklet before the test begins.
2. この問題用紙を持ち帰ることはできません。
   Do not take this question booklet with you after the test.
3. 受験番号と名前を下の欄に、受験票と同じようにはっきりと書いてください。
   Write your registration number and name clearly in each box below as written on your test voucher.
4. この問題用紙は、全部で12ページあります。
   This question booklet has 12 pages.
5. 問題には解答番号の①、②、③…が付いています。解答は、解答用紙にある同じ番号の解答欄にマークしてください。
   One of the row numbers①,②,③…is given for each question. Mark your answer in the same row of the answersheet.

受験番号　Examinee Registration Number	
名前　Name	

N4 言語知識（文法）・読解　解答用紙

受験番号 Examinee Registration Number		名前 Name	

〈ちゅうい　Notes〉

1. くろいえんぴつ（HB、No.2）でかいてください。
   Use a black medium soft (HB or NO.2) pencil.
2. かきなおすときは、けしゴムできれいにけしてください。
   Erase any unintended marks completely.
3. きたなくしたり、おったりしないでください。
   Do not soil or bend this sheet.
4. マークれい　Marking examples

よい Correct	わるい Incorrect
●	⊘ ◌ ◯ ⓪ ⊜ ⦶ ○

もんだい 1				
1	①	②	③	④
2	①	②	③	④
3	①	②	③	④
4	①	②	③	④
5	①	②	③	④
6	①	②	③	④
7	①	②	③	④
8	①	②	③	④
9	①	②	③	④
10	①	②	③	④
11	①	②	③	④
12	①	②	③	④
13	①	②	③	④
14	①	②	③	④
15	①	②	③	④
もんだい 2				
16	①	②	③	④
17	①	②	③	④
18	①	②	③	④
19	①	②	③	④
20	①	②	③	④
もんだい 3				
21	①	②	③	④
22	①	②	③	④
23	①	②	③	④
24	①	②	③	④
25	①	②	③	④

もんだい 4				
26	①	②	③	④
27	①	②	③	④
28	①	②	③	④
29	①	②	③	④
もんだい 5				
30	①	②	③	④
31	①	②	③	④
32	①	②	③	④
33	①	②	③	④
もんだい 6				
34	①	②	③	④
35	①	②	③	④

N4 第三回　言語知識（文法）・讀解

もんだい1　（　　　）に　何を　入れますか。1・2・3・4から　いちばん　いい　ものを　一つ　えらんで　ください。

1 かばんは　買わない　こと（　　　）　しました。

1 を　　2 が　　3 に　　4 で

2 車を　買う　（　　　）、お金を　借りました。

1 ために　　2 ように　　3 なのに　　4 そうに

3 食べる　前に　かならず　手を　（　　　）　いけません。

1 洗えば　　2 洗わないで　　3 洗っても　　4 洗わなくては

4 わたしは　兄（　　　）　背が　高くない。

1 ほど　　2 だけ　　3 でも　　4 しか

5 ちょうど　いまから　でかける　（　　　）です。

1 とき　　2 こと　　3 ところ　　4 ほう

6 A「わたしの　えんぴつ、見ませんでしたか」

B「あっ、あそこに　（　　　）よ」

1 おちます　　2 おちません

3 おちて　います　　4 おちて　いません

7 A「その　とけい、いいですね」

B「ええ、兄が　たんじょうびに　買って　（　　　）んです」

1 やった　　2 あげた　　3 くれた　　4 もらった

8 先生は　すぐに　（　　　）か。

1 おもどりに　します　　2 おもどりに　なります

3 おもどりに　あます　　4 おもどりに　あります

9 あしたは　（　　　）、友だちと　映画を　見に　行きます。

1 休みから　　2 休みので　　3 休みなので　　4 休みなのに

10 ごかぞくの　しゃしんを　拝見（　　　）。

1 して　ください　　2 させて　ください

3 されて　ください　　4 させられて　ください

11 この　くつは　大きすぎて、（　　　）にくいです。

1 あるく　　2 あるき　　3 あるいて　　4 あるけ

12 かぜを　（　　　）　ように　ちゅういして　います。

1 ひく　　2 ひかない　　3 ひいた　　4 ひかなかった

13 （　　　）と　した　とき、電話が　かかって　きた。

1 ねる　　2 ねて　　3 ねよう　　4 ねろ

14 きのう　先生に　（　　　）、うれしかったです。

1 ほめて　　2 ほめさせて　　3 ほめられて　　4 ほめさせられて

15 風が　つよい（　　　）、雨も　ふって　いるから、出かけない　ほうが　いいですよ。

1 で　　2 に　　3 し　　4 と

もんだい2 ＿★＿に 入る ものは どれですか。1・2・3・4から いちばん いい ものを 一つ えらんで ください。

16 雨なのに、木村さんは ＿＿ ＿＿ ＿＿ ＿★＿ います。

1 傘も　2 ささず　3 歩いて　4 に

17 林さんは フランスで そだったから、 ＿＿ ＿★＿ ＿＿ ＿＿ はずです。

1 フランス語　2 上手　3 は　4 な

18 ＿＿ ＿＿ ＿★＿ ＿＿、雨が 降り出しました。

1 と　2 出かけよう　3 とき　4 した

19 この バスは おりる ときに ＿＿ ＿＿ ＿★＿ ＿＿ います。

1 はらう　2 お金を　3 なって　4 ことに

20 日本語能力試験を ＿＿ ＿★＿ ＿＿ ＿＿ います。

1 考えて　2 か　3 受ける　4 どうか

もんだい3　21 から　25に　何を　入れますか。1・2・3・4から　いちばん　いい　ものを　一つ　えらんで　ください。

次の　文章は　ジョンさんが　友だちの　山下さんに　書いた　手紙です。

先日は、たいへん　お世話に　なり、ありがとう　ございました。皆さんと　いっしょに　たいへん　楽しい　週末を　過ごす　ことが　21。お母さんが　作って　22　料理は　たいへん　おいしかったです。皆さんと　いっしょに　23　写真は、机の　上 24　飾りました。ほんとうに　どうも　ありがとう　ございました。今度は、ぜひ　うちに　遊びに　来て　ください。また、25 のを　楽しみに　して　います。

2010年9月5日

ジョン

21

1 あります　　2 なります　　3 できました　　4 しました

22

1 やった　　2 あげた　　3 いただいた　　4 くださった

23

1 撮る　　2 撮った　　3 撮って　　4 撮ろう

24

1 に　　2 で　　3 を　　4 が

25

1 お会いになる　　2 お会えする　　3 お会えできる　　4 お会いできる

もんだい4　つぎの文章を読んで、質問に答えてください。答えは1・2・3・4から いちばんいいものを一つえらんでください。

> お花見パーティーのお知らせ
>
> 4月2日（水）午後6時から、木下公園で
> お花見パーティーを行います。
> *バーベキューをしたり、カラオケを楽しんだりしながら、
> いっしょにお花見をしましょう。
> みなさんの国の食べ物があったら、ぜひ持ってきてください。
> もし雨が降ったら、中止です。
>
> 国際交流センター

*バーベキュー：肉や野菜などを直接(ちょくせつ)火(ひ)に当(あ)てて焼きながら食べる料理。
ふつう外(そと)で行う。

26　「お花見パーティーのお知らせ」に書かれていないことは何ですか。

1 花見をします。

2 歌を歌います。

3 いろいろな国の料理を食べます。

4 ダンスします。

クリスマスパーティーのお知らせ

クリスマスパーティーをします。
プレゼントこうかんをしますので、
1000円ぐらいの品物を持ってきてください。
みんなでゲームをしますので、
楽しいゲームをたくさん考えてきてください。

12月24日（金）7時
留学生会館

出席する人は12月20日までに申し込んでください。

12月14日
キム

27 クリスマスパーティーには、何を持っていかなければなりませんか。

1 1000円です。

2 プレゼントです。

3 ゲームです。

4 ケーキです。

私の母は、毎日とても忙しいです。朝、6時に起きて、そうじや洗濯をしたり、朝ごはんを作ったりします。そして、うちを出て、会社へ行きます。夕方6時ごろうちへ帰りますが、帰るとすぐ、食事の用意をします。毎日こんなにも忙しい母ですが、このごろは、フランス語を勉強したがっています。でも、今はなかなか時間がなさそうです。私はもっと母の手伝いをして、忙しい母を助けたいと思っています。

28 本文について、正しいものはどれですか。

1 母親はフランス語を勉強しようと思っていますが、子どもは必要がないと言っていました。

2 母親はフランス語を勉強しようと思っていますが、時間がなくて、なかなかできません。

3 子どもはフランス語を勉強しようと思っていますが、母親は必要がないと言っていました。

4 子どもはフランス語を勉強しようと思っていますが、時間がなくて、なかなかできません。

本が好きな人に、便利な本屋を紹介します。

「アソン」では、インターネットで本を買うことができます。

本を送ってもらうには、ふつう300円かかりますが、1500円以上頼むと、ただになります。

そして、3冊以上買うと、200円安くなります。

お宅で気楽に、本を選ぶのはいかがでしょうか。

29 インターネットで、「アソン」から1冊500円の本を4冊買いたいです。
いくらになりますか。

1 1500円

2 1800円

3 2000円

4 2100円

もんだい5　つぎの文章を読んで、質問に答えてください。答えは1・2・3・4から いちばんいいものを一つえらんでください。

看護師の仕事とは、何でしょうか。病院は病気を治すためにあるところです。そのために、新しい機械や技術を使ったり、医者が研究したりしています。もちろん、病気を治すには医者の力だけではだめです。看護師も医者と同じように、病気の人のために努力しています。しかし、最近はこれ以外にも、病気の人が自分で治す力を作ることが大切だと考える人が、多くなってきました。病気の人の気持ちになって考えられる人が、病院には必要なのです。これからの看護師は、決められたことを正しく行うだけでは十分ではありません。病気の人の気持ちをわかってあげて、彼らに自分で病気を治そうという気持ちを持たせることが、重要な仕事だと言えるでしょう。

30 看護師の仕事でないものは何ですか。

1 病気の人に自分で病気を治そうという気持ちを持たせることです。

2 新しい機械を使って一番よい方法を考えることです。

3 自分の力で病気の人を治すことです。

4 決められたことを正しく行うことです。

31 最近は、病院にはどんな人が必要だと考えられるようになりましたか。

1 いつも勉強したり、研究したりする医者です。

2 病気の人の気持ちになって考えられる人です。

3 自分の力で治す病気の人です。

4 新しい機械や技術が使える人です。

32 どうして、病気の人が自分で治す力を作ることが大切だと考える人が、多くなってきましたか。

1 病院に行くお金がないからです。

2 医者と看護師の数がだんだん少なくなってきたからです。

3 看護師は医者の決めた方法を正しく行わなくてもいいからです。

4 自分で病気を治そうという気持ちが大切だからです。

33 これからの看護師の仕事で、一番大切なことは何ですか。

1 医者の仕事をしやすくすることです。

2 決められたことを正しく行うことです。

3 病気の人の気持ちを考えて助けることです。

4 新しい機械や技術を使うことです。

もんだい6　つぎのAとBを読んで、質問に答えてください。答えは1・2・3・4から いちばんいいものを一つえらんでください。

34 4人の中で、ほかのところで寝られないのは誰ですか。

1 田中さんです。

2 ジムさんです。

3 王さんです。

4 トムさんです。

35 4人の中で、はじめて会った人とすぐ話せないが、買い物が上手な人は誰ですか。

1 田中さんです。

2 ジムさんです。

3 王さんです。

4 トムさんです。

A

あなたの外国生活適応度	（a：1点　b：2点　c：3点）
□1　料理ができますか。	a　インスタント食品は作れる。 b　簡単な料理がいろいろ作れる。 c　料理が上手だ。
□2　健康ですか。	a　よく病気になる。 b　ときどき病気になる。 c　いつも元気だ。
□3　知らないところに1人で行けますか。	a　1人では行きたくない。 b　地図を書いてもらったら行ける。 c　住所と地図があったら行ける。

□ 4　買い物が上手ですか。	a　スーパーだったら買える。 b　いろいろな店で買える。 c　店の人と話して、高いものを安く買える。
□ 5　はじめて会った人とすぐ話せますか。	a　知らない人とはすぐ話せない。 b　紹介してもらったら話せる。 c　知らない人とすぐ話せる。
□ 6　きらいな食べ物がありますか。	a　きらいなものが多い。 b　きらいなものが少ない。 c　何でも食べられる。
□ 7　どこでも寝られますか。	a　自分の部屋でしか寝られない。 b　ホテルや友だちの家でもよく寝られる。 c　どこでも寝られる。
□ 8　人の前で歌えますか。	a　歌えない。 b　友だちといっしょにだったら歌える。 c　1人で歌える。

20点～24点　　どこでもだいじょうぶ
11点～19点　　がんばったらだいじょうぶ
10点以下　　　外国の生活はちょっとたいへん

合計________

（筑波ランゲージグループ『Situational functional Japanese (Volume2)』による）

B

	1	2	3	4	5	6	7	8	合計
田中	a	c	b	a	a	b	a	a	12
ジム	c	a	a	b	b	c	b	a	15
王	c	b	c	c	a	b	c	c	20
トム	b	b	c	a	a	c	b	b	16

もんだいようし
問題用紙

N4

ちょうかい
聴解

（35分）

注　　意
Notes

1. 「始め」の合図があるまで、この問題用紙を開けないでください。
   Do not open this question booklet before the test begins.
2. この問題用紙を持ち帰ることはできません。
   Do not take this question booklet with you after the test.
3. 受験番号と名前を下の欄に、受験票と同じようにはっきりと書いてください。
   Write your registration number and name clearly in each box below as written on your test voucher.
4. この問題用紙は、全部で12ページあります。
   This question booklet has 12 pages.
5. 問題には解答番号の①、②、③…が付いています。解答は、解答用紙にある同じ番号の解答欄にマークしてください。
   One of the row numbers①,②,③…is given for each question. Mark your answer in the same row of the answersheet.

受験番号　Examinee Registration Number	

名前　Name	

N4 聴解（ちょうかい） 解答用紙（かいとうようし）

受験番号 Examinee Registration Number		名前 Name	

〈 ちゅうい Notes 〉

1. くろいえんぴつ（HB、No.2）でかいてください。
   Use a black medium soft (HB or NO.2) pencil.
2. かきなおすときは、けしゴムできれいにけしてください。
   Erase any unintended marks completely.
3. きたなくしたり、おったりしないでください。
   Do not soil or bend this sheet.
4. マークれい Marking examples

よい Correct	わるい Incorrect
●	

問（もん）題（だい）1

1	①	②	③	④
2	①	②	③	④
3	①	②	③	④
4	①	②	③	④
5	①	②	③	④
6	①	②	③	④
7	①	②	③	④
8	①	②	③	④

問（もん）題（だい）2

9	①	②	③	④
10	①	②	③	④
11	①	②	③	④
12	①	②	③	④
13	①	②	③	④
14	①	②	③	④
15	①	②	③	④

問（もん）題（だい）3

16	①	②	③
17	①	②	③
18	①	②	③
19	①	②	③
20	①	②	③

問（もん）題（だい）4

21	①	②	③
22	①	②	③
23	①	②	③
24	①	②	③
25	①	②	③
26	①	②	③
27	①	②	③
28	①	②	③

N4 第三回　聽解

問題1

問題1では、まず質問を聞いてください。それから話を聞いて、問題用紙の1から4の中から正しい答えを一つえらんでください。

1 MP3-57

1 京子	2 教子
3 今日子	4 恭子

2 MP3-58

1 きょうの午前です。

2 きょうの午後です。

3 あしたの午前です。

4 あしたの午後です。

3 MP3-59

1

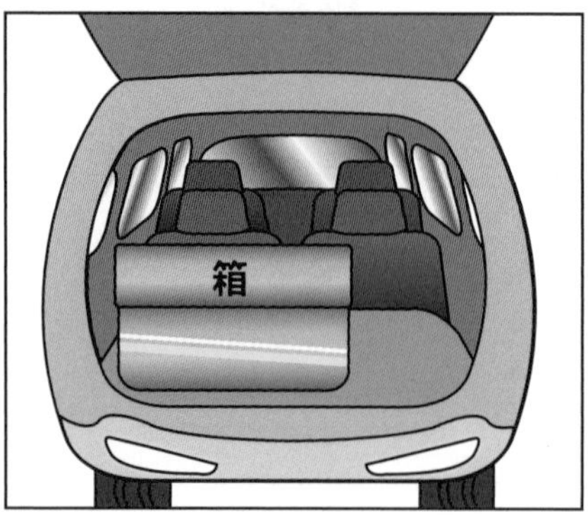

2

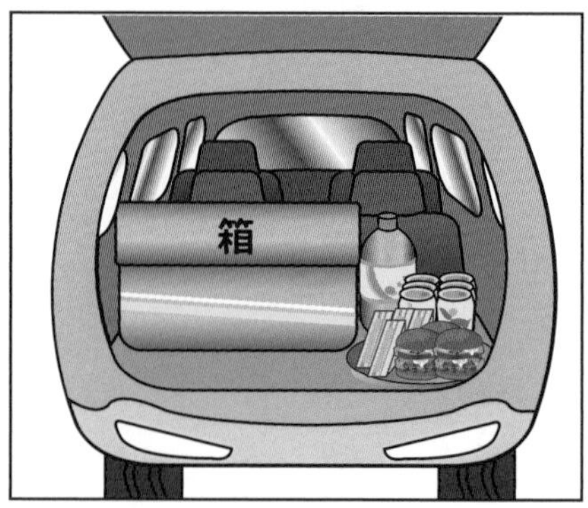

3

4

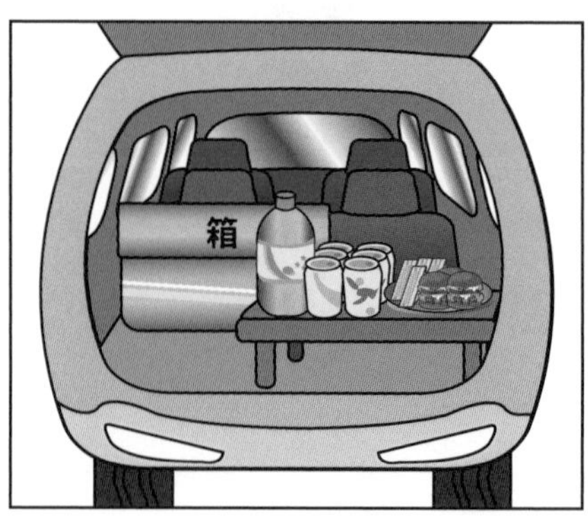

4 MP3-60

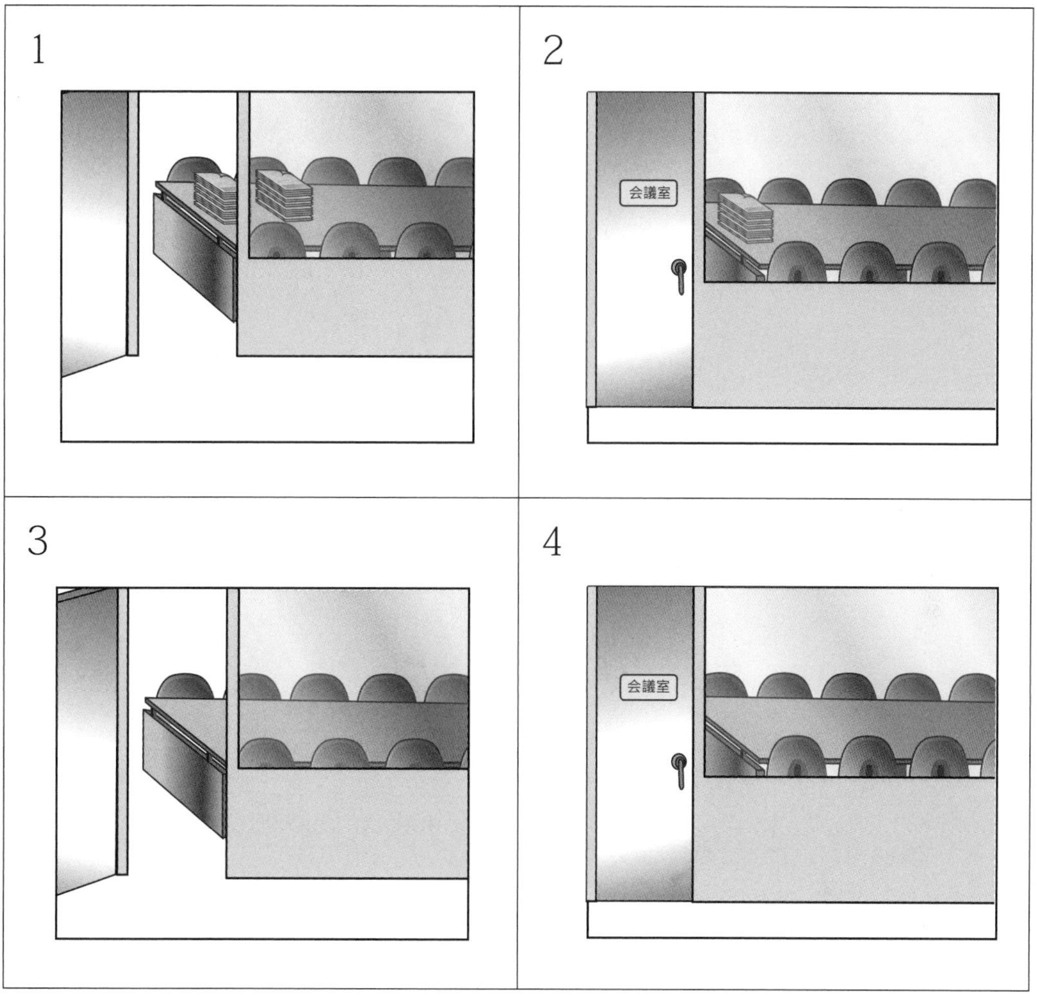

5 MP3-61

1 切手を買います。

2 手紙を書きます。

3 銀行へ行きます。

4 郵便局へ行きます。

6 MP3-62

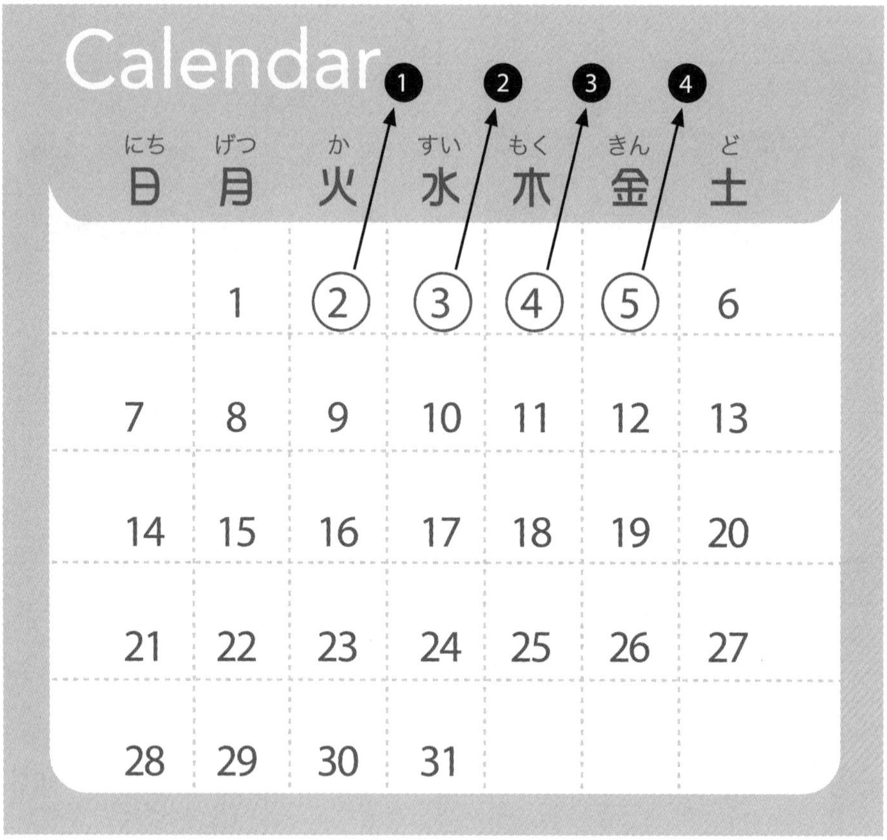

7 MP3-63

1 郵便局へ行きます。

2 あの店に入ります。

3 切手を探します。

4 手紙を出します。

8 MP3-64

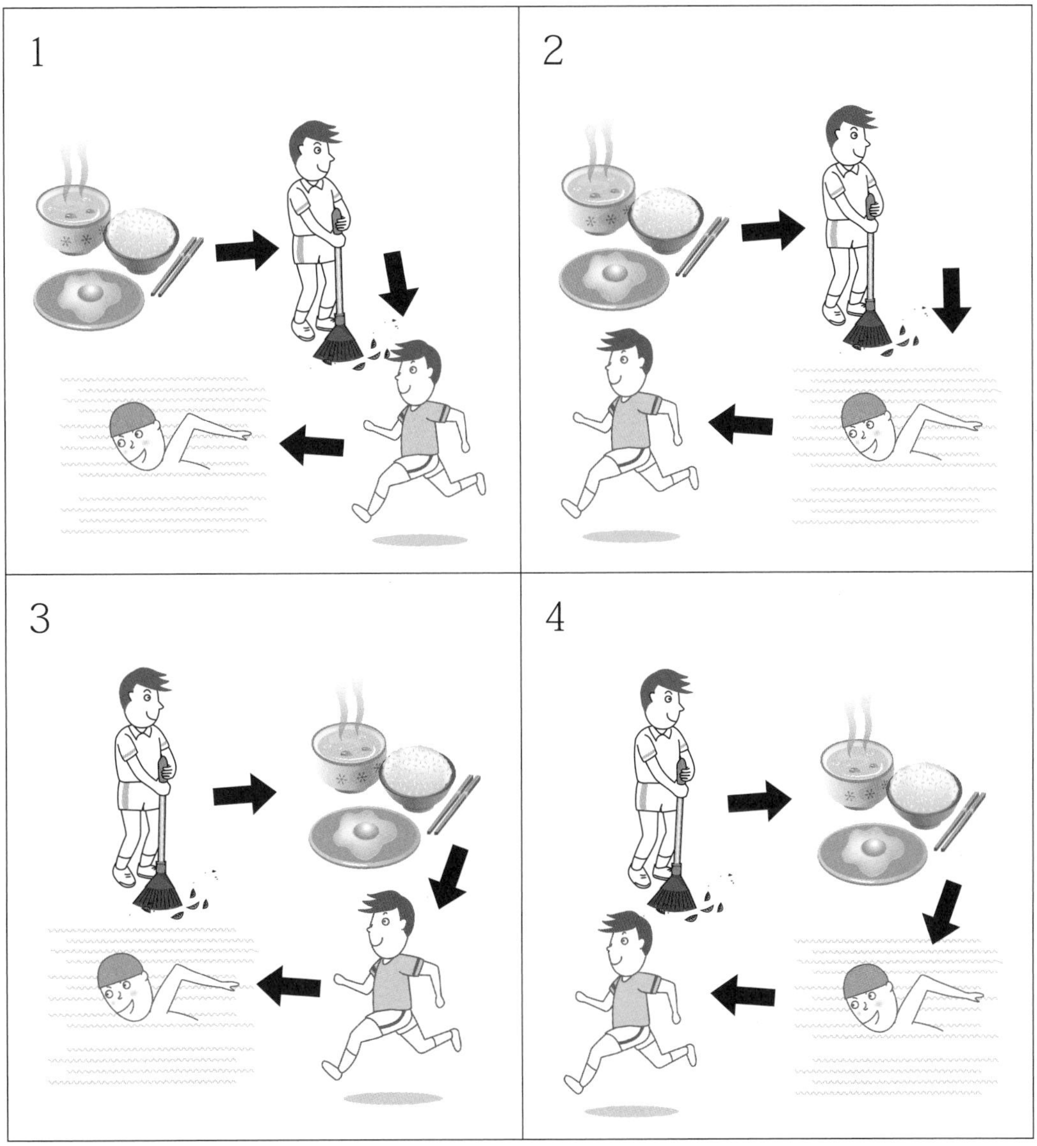

問題2

問題2では、まず質問を聞いてください。そのあと、問題用紙を見てください。読む時間があります。それから話を聞いて、問題用紙の1から4の中から正しい答えを一つえらんでください。

9 MP3-65

1 きのうはきょうよりおなかが痛かったです。

2 きのうはきょうほどおなかが痛くなかったです。

3 きのうより、きょうのほうがおなかが痛いです。

4 きのうはおなかが痛かったですが、きょうは痛くないです。

10 MP3-66

1 マラソン大会は行われます。

2 マラソン大会は行われません。

3 行うかどうか、7時までにわかります。

4 行うかどうか、8時までにわかります。

11 MP3-67

1 勉強します。

2 勉強を終わります。

3 部屋を片付けます。

4 女の人に部屋を片付けさせます。

12 MP3-68

1 国の友だち1人と車で行きます。

2 国の友だち2人と車で行きます。

3 国の友だち1人と電車で行きます。

4 国の友だち2人と電車で行きます。

13 MP3-69

1 午前中は休んで、午後は来ます。

2 会議だけ出ます。

3 朝から会社に来ます。

4 1日休みます。

14 MP3-70

1 本屋へ行きます。

2 美術品売り場へ行きます。

3 スポーツ用品売り場へ行きます。

4 ベビー用品売り場へ行きます。

15 MP3-71

1 引っ越しするのを手伝います。

2 掃除をしてあげます。

3 荷物を部屋に運びます。

4 何もしなくていいです。

問題3

問題3では、えを見ながら質問を聞いてください。それから、正しい答えを1から3の中から一つえらんでください。

16 MP3-72

17 MP3-73

18 MP3-74

19 MP3-75

20 MP3-76

もんだい
問題4

問題4では、えなどがありません。まず、文を聞いてください。それから、その返事を聞いて、1から3の中から正しい答えを一つえらんでください。

— メモ —

21 MP3-77

22 MP3-78

23 MP3-79

24 MP3-80

25 MP3-81

26 MP3-82

27 MP3-83

28 MP3-84

N4

模擬試題解答、翻譯與解析

N4 模擬試題　第一回　考題解析

考題解答

言語知識（文字・語彙）

問題 1（每題1分）

1 2　2 3　3 2　4 1　5 4　6 3　7 4　8 4　9 3

問題 2（每題1分）

10 1　11 1　12 1　13 3　14 1　15 4

問題 3（每題2分）

16 3　17 1　18 2　19 1　20 1　21 2　22 1　23 1　24 2　25 2

問題 4（每題2分）

26 3　27 3　28 3　29 3　30 3

問題 5（每題3分）

31 4　32 1　33 4　34 1　35 2

言語知識（文法）・讀解

問題 1（每題1分）

[1] 2　[2] 1　[3] 1　[4] 2　[5] 1　[6] 2　[7] 1　[8] 4　[9] 3　[10] 4
[11] 2　[12] 2　[13] 2　[14] 3　[15] 3

問題 2（每題1分）

[16] 1　[17] 1　[18] 2　[19] 3　[20] 2

問題 3（每題2分）

[21] 1　[22] 3　[23] 4　[24] 2　[25] 2

問題 4（每題3分）

[26] 1　[27] 2　[28] 4　[29] 4

問題 5（每題3分）

[30] 4　[31] 4　[32] 3　[33] 3

問題 6（每題3分）

[34] 4　[35] 2

聽解

問題 1（每題2.5分）

1 1	2 2	3 4	4 1	5 2	6 4	7 3	8 4

問題 2（每題2分）

9 2	10 2	11 3	12 2	13 4	14 3	15 2

問題 3（每題2分）

16 2	17 2	18 1	19 2	20 3

問題 4（每題2分）

21 1	22 1	23 1	24 2	25 1	26 2	27 3	28 1

考題解析

言語知識（文字・語彙）

問題1　______的語彙如何發音呢？請從1・2・3・4中，選出一個最正確的答案。

1 わたしは　西洋の　ぶんがくが　すきです。

1 とうよう　　2 せいよう　　3 とうよ　　4 せいよ

→ 私は　西洋の　文学が　好きです。

中譯 我喜歡西洋文學。

解析 本題主要考「洋」的讀音為長音「よう」而非短音「よ」。此外，選項1「とうよう」是「東洋」（東洋），故答案為2。

2 はやく　質問に　こたえて　ください。

1 せつめい　　2 せんもん　　3 しつもん　　4 しょうめい

→ 早く　質問に　答えて　ください。

中譯 請盡快回答問題。

解析 選項1「説明」是「說明」，選項2「専門」是「專長」，選項3「質問」是「問題」，選項4「証明」是「證明」，故答案為3。此外，表示「回答問題」時，動詞「答える」前面的助詞為「に」而非「を」（○「質問に答える」，×「質問を答える」），這個部份也請小心。

3 デパートの　屋上に　ゆうえんちが　あります。

1 やうえ　　2 おくじょう　　3 やじょう　　4 おくうえ

→ デパートの　屋上に　遊園地が　あります。

中譯 百貨公司的屋頂上有遊樂場。

解析 本題考漢詞，重點在於「音讀」和「訓讀」的判斷。「屋」的音讀為「おく」，訓讀為「や」；「上」的音讀為「じょう」，訓讀為「うえ」。而「屋上」（屋頂）這一詞二個漢字均為音讀，故答案為2「屋上」。

4 この　にもつは　軽いです。

1 かるい　　2 ほそい　　3 うすい　　4 おもい

→ この　荷物は　軽いです。

中譯 這個行李很輕。

解析 本題考「イ形容詞」。選項1是「軽(かる)い」（輕的），選項2是「細(ほそ)い」（細的），選項3是「薄(うす)い」（薄的、淡的），選項4是「重(おも)い」（重的），故答案為1。

5 この　しまには　水道が　なくて、ふべんです。

1 すいと　　2 すいとう　　3 すいど　　4 すいどう

→ この　島(しま)には　水道(すいどう)が　なくて、不便(ふべん)です。

中譯 這個島上沒有自來水，很不方便。

解析 本題考漢詞，重點在於判斷「水道(すいどう)」的「道(どう)」是長音還是短音、有濁音還是只是清音，故答案為4。

6 ちちは　この　がっこうで　せんせいと　して　働いて　います。

1 かわいて　　2 うごいて　　3 はたらいて　　4 つづいて

→ 父(ちち)は　この　学校(がっこう)で　先生(せんせい)と　して　働(はたら)いて　います。

中譯 父親在這所學校當老師。

解析 本題考「～く」結尾的動詞。選項1的辭書形為「乾(かわ)く」（乾），選項2為「動(うご)く」（動），選項3為「働(はたら)く」（工作），選項4為「続(つづ)く」（繼續），故答案為3。

7 きむらさんは　青い　いすに　すわって　いる　人です。

1 くろい　　2 しろい　　3 あかい　　4 あおい

→ 木村(きむら)さんは　青(あお)い　椅子(いす)に　座(すわ)って　いる　人(ひと)です。

中譯 木村先生是坐在藍椅子上的人。

解析 本題考顏色相關的「イ形容詞」。選項1是「黒(くろ)い」（黑的），選項2是「白(しろ)い」（白的），選項3是「赤(あか)い」（紅的），選項4是「青(あお)い」（藍的），故答案為4。

8 たなかさんは　おもい　にもつを　運んで　くれました。

1 たのんで　　2 うんで　　3 こんで　　4 はこんで

→ 田中(たなか)さんは　重(おも)い　荷物(にもつ)を　運(はこ)んで　くれました。

中譯 田中先生幫我搬了很重的行李。

解析 本題考動詞的發音，選項1的辭書形是「頼(たの)む」（拜託），選項3是「込(こ)む」（擁擠），選項4是「運(はこ)ぶ」（搬運），故答案為4。此外，「運」的音讀雖為「うん」，但是「運(うん)」只當名詞，表示「運氣」的意思。且一般動詞的漢字部份較少發音讀，所以選項2「うんで」為陷阱，千萬不要選。

9 らいげつの　<u>6日</u>に　くにへ　かえります。

1 よっか　　2 いつか　　**3 むいか**　　4 なのか

→ 来月の　<u>6日</u>に　国へ　帰ります。

中譯 下個月六號要回國。

解析 本題考日期的表達。選項1是「4日」（四號），選項2是「5日」（五號），選項3是「6日」（六號），選項4是「7日」（七號），故答案為3。日期的表達在N4考試中相當重要，除了「文字・語彙」外，在「聽解」一科也會頻繁地出現，請務必確認。

問題2　＿＿＿的語彙如何寫呢？請從1・2・3・4中，選出一個最正確的答案。

10 あの　<u>えいがかん</u>は　いつも　こんで　いる。

1 映画館　　2 映写館　　3 映畫館　　4 映像館

→ あの　<u>映画館</u>は　いつも　込んで　いる。

中譯 那家電影院總是很擁擠。

解析 「映画館」（電影院）這個詞，要小心的是第二個漢字是「画」，而不是中文的「畫」，故答案為1。

11 <u>かぞく</u>と　いっしょに　しゃしんを　とりました。

1 家族　　2 家属　　3 家俗　　4 家足

→ <u>家族</u>と　一緒に　写真を　撮りました。

中譯 和家人一起拍了照。

解析 本題答案為1。「属」、「俗」的音讀發音都和「族」一樣，都是「ぞく」，千萬不要誤選。

12 きむらさんは　セーターを　きて　<u>たって</u>　いる　人です。

1 立って　　2 建って　　3 経って　　4 発って

→ 木村さんは　セーターを　着て　<u>立って</u>　いる　人です。

中譯 木村先生是穿著毛衣站著的人。

解析 選項1、2、3、4的辭書形各為「立つ」（站）、「建つ」（蓋）、「経つ」（經過）、「発つ」（出發）。其中選項3、4雖然較難，但因為不在N4範圍，所以考生反而不會選擇。選項1、2則要小心，必須從句意來判斷，本題答案為1。

13 <u>にゅういん</u>した　そふを　みまいに　いきました。

1 入学　　2 入員　　3 入院　　4 入社

→ <u>入院</u>（にゅういん）した　祖父（そふ）を　見舞（みま）いに　行（い）きました。

中譯 去探望了住院的祖父。

解析 選項1唸作「入学（にゅうがく）」（入學），選項3則是「入院（にゅういん）」（住院），選項4為「入社（にゅうしゃ）」（進公司），故答案為3。此外，雖然「員」的音讀為「いん」，但選項2「入員」是不存在的詞，請勿錯選。

14 がっこうの　かえりに　<u>ほんや</u>へ　いきました。

1 本屋　　2 本家　　3 木屋　　4 木家

→ 学校（がっこう）の　帰（かえ）りに　<u>本屋</u>（ほんや）へ　行（い）きました。

中譯 從學校回家路上，去了書店。

解析 「本（ほん）」（書）和「木（き）」（樹）這兩個外型相近的漢字，相信華人一定不會混淆。「屋（や）」和「家（や）」發音可以都為「や」，此處要用前者，才能表示「～店」，例如「花屋（はなや）」就是「花店」的意思。故答案為1。

15 こんげつの　<u>ようか</u>は　きんようびです。

1 2日　　2 4日　　3 6日　　4 8日

→ 今月（こんげつ）の　<u>8日</u>（ようか）は　金曜日（きんようび）です。

中譯 這個月八號是星期五。

解析 四個選項讀音各為「2日（ふつか）」（二號）、「4日（よっか）」（四號）、「6日（むいか）」（六號）、「8日（ようか）」（八號），故答案為4。其中要特別注意的是「4日（よっか）」為「<u>よっ</u>か」，「8日（ようか）」為「<u>よう</u>か」，前者為「～っ」（促音），後者為「～う」（長音），極易混淆，因此也是出題頻率頗高的題目，請小心！

問題3　（　　　）中要放入什麼呢？請從1・2・3・4中，選出一個最正確的答案。

16 部長が　いらっしゃるので、テーブルに　花を　（　　）。

1 おくりました　　2 かいました　　3 かざりました　　4 かたづけました

→ 部長（ぶちょう）が　いらっしゃるので、テーブルに　花（はな）を　<u>飾</u>（かざ）<u>りました</u>。

中譯 因為部長要來，所以在餐桌上裝飾了花。

解析 本題考動詞，選項1之辭書形為「送（おく）る」（寄送），選項2為「買（か）う」（購買），選項3為「飾（かざ）る」（裝飾），選項4為「片付（かたづ）ける」（收拾、整理），依句意，答案為3。

17 あには　（　　　）を　しながら、大学で　べんきょうして　いました。

1 アルバイト　　2 チェック　　3 サービス　　4 テキスト

→ 兄(あに)は　アルバイトを　しながら、大学(だいがく)で　勉強(べんきょう)して　いました。

中譯 哥哥以前一邊打工一邊讀大學。

解析 本題考外來語，選項1「アルバイト」是「打工」的意思，選項2「チェック」是「確認」，選項3「サービス」是「服務」，選項4「テキスト」是「教科書」，故答案應為1。

18 あつく　なったので　そろそろ　（　　　）が　ほしいですね。

1 だんぼう　　2 れいぼう　　3 ゆしゅつ　　4 ゆにゅう

→ 暑(あつ)く　なったので　そろそろ　冷房(れいぼう)が　ほしいですね。

中譯 變熱了，所以差不多需要冷氣了呀。

解析 本題考漢詞，選項1為「暖房(だんぼう)」（暖氣），選項2是「冷房(れいぼう)」（冷氣），選項3是「輸出(ゆしゅつ)」（出口），選項4是「輸入(ゆにゅう)」（進口），故答案為2。

19 これは　ちちが　（　　　）　くれた　カメラです。

1 えらんで　　2 ならんで　　3 よんで　　4 のんで

→ これは　父(ちち)が　選(えら)んで　くれた　カメラです。

中譯 這是爸爸幫我選的相機。

解析 本題考動詞，選項1的辭書形為「選(えら)ぶ」（選擇），選項2的辭書形為「並(なら)ぶ」（排列）。而選項3「よんで」的辭書形可以是「呼(よ)ぶ」（叫），也可以是「読(よ)む」（讀），選項4的辭書形為「飲(の)む」（喝），依句意，答案應為1。

20 （　　　）　スーパーに　いきます。なにか　かって　きましょうか。

1 これから　　2 ふつう　　3 いつも　　4 ときどき

→ これから　スーパーに　行(い)きます。何(なに)か　買(か)って　きましょうか。

中譯 現在要去超市。要買些什麼回來嗎？

解析 本題考副詞，選項1「これから」是「現在、現在起」的意思，選項2「ふつう」則是「平時」，選項3「いつも」是「總是」，選項4「ときどき」是「偶爾、有時候」，故答案為1。

21 まいにち　ネクタイを　（　　　）　会社に　行く。

1 きて　　2 しめて　　3 かけて　　4 はいて

→ 毎日　ネクタイを　<u>締めて</u>　会社に　行く。

中譯 每天打領帶去公司。

解析 本題考和「打扮」有關的動詞。選項1的辭書形為「着る」，意思為「穿（衣服）」；選項2「締める」是「綁緊、繫緊」的意思，所以「ネクタイを締める」有「打領帶、繫領帶」的意思；選項3的「かける」可以有「架上」的意思，所以常用來表達「戴眼鏡」（めがねをかける）；選項4「穿く」則是「穿（褲子、裙子）」的意思，故答案為2。

22 さむいですから、（　　　）を　きて　いった　ほうが　いいですよ。

1 オーバー　　2 サンダル　　3 ズボン　　4 スカート

→ 寒いですから、<u>オーバー</u>を　着て　行った　ほうが　いいですよ。

中譯 因為很冷，所以穿大衣去比較好喔！

解析 選項1「オーバー」除了有「超過」（over）的意思外，也可以是「オーバーコート」（大衣、風衣）的簡稱；選項2「サンダル」是「涼鞋」；選項3「ズボン」是「褲子」；選項4「スカート」是「裙子」的意思。本題除了考「オーバー」（大衣）這個單字的意思外，選項2、3、4不能選還有一個主要的原因，就是動詞是穿衣服的「着る」，而非穿褲子、裙子、鞋子等的「穿く」，故答案為1。

23 しゃちょうが　もうすぐ　ここに　（　　　）　はずです。

1 おいでに　なる　　2 ごらんに　なる　　3 おっしゃる　　4 まいる

→ 社長が　もうすぐ　ここに　<u>おいでに　なる</u>　はずです。

中譯 社長應該立刻會來這裡。

解析 本題考敬語，選項1「おいでになる」是「来る」（來）的尊敬語（「いらっしゃる」也是「来る」的尊敬語之一）；選項2「ごらんになる」是「見る」（看）的尊敬語；選項3「おっしゃる」是「話す」（說話）的尊敬語；選項4「まいる」是「行く」（去）和「来る」（來）的謙讓語。從句子「社長<u>が</u>～」中的助詞「が」可判斷，「社長」為動作者（主詞），所以應該使用「尊敬語」，故選項1才符合句意。

24 あした　しあいが　あります。（　　　）　こんやは　はやく　ねて　ください。

1 それから　　2 だから　　3 しかし　　4 しかも

→ あした　試合が　あります。<u>だから</u>　今夜は　早く　寝て　ください。

中譯 明天有比賽，所以今天晚上請早點睡。

解析 本題考接續詞，選項1「それから」是表示「並列」的接續詞，可解釋為「然後～」；選項2「だから」則是表示「因果關係」的接續詞，可解釋為「所以～」；選項3「しかし」是表示「逆態接續」的接續詞，可解釋為「但是～」；選項4「しかも」是表示「補充」的接續詞，可解釋為「而且～」，依句意，答案為2。

25 おとうとは　（　　　）　べんきょうしなかったから、ごうかくする　はずが　ない。

1 ちょっと　　2 ちっとも　　3 なるべく　　4 もうすぐ

→ 弟（おとうと）は　ちっとも　勉強（べんきょう）しなかったから、合格（ごうかく）する　はずが　ない。

中譯 弟弟一點都沒讀書，所以不可能會合格。

解析 本題考副詞，選項1「ちょっと」是「稍微」；選項2「ちっとも」是「一點也（不）～」的意思，句尾一定要接否定；選項3「なるべく」是「盡可能」；選項4「もうすぐ」是「立刻」的意思，故答案為2。

問題4　有和_____的句子相似意思的句子。請從1・2・3・4中，選出一個最正確的答案。

26 あの　人は　はなしが　とても　じょうずです。

1 あの　人は　口が　かたいです。

2 あの　人は　口が　かるいです。

3 あの　人は　口が　うまいです。

4 あの　人は　口が　つよいです。

→ あの　人（ひと）は　話（はなし）が　とても　上手（じょうず）です。

中譯 那個人很會說話。

解析 本題考慣用語，「口（くち）がうまい」是很會說話的意思，所以答案為3。選項1「口（くち）が堅（かた）い」是「口風很緊」的意思；選項2「口（くち）が軽（かる）い」則相反，是「嘴巴不牢靠」的意思；選項4「口（くち）が強（つよ）い」則無此慣用語用法。

27 陳さんは　おとこらしいです。

1 陳さんは　おんなですが、おとこの　ようです。

2 陳さんは　まるで　おとこみたいです。

3 陳さんは　こころが　ひろくて、ちからが　つよいです。

4 陳さんは　おとこだ　そうです。

→ 陳さんは　男らしいです。

中譯 陳先生是男子漢。

解析 「～らしい」除了表示「客觀推測」外，還有表示「典型」的用法。因此「男らしい」是「典型的男人」或是「有男子氣概」的意思。選項1「陳さんは女ですが、男のようです」是「陳小姐雖然是女的，但卻像個男人」；選項2「陳さんはまるで男みたいです」是「陳小姐就像個男人」的意思，「～みたい」和「～よう」在此都用來表示「比喻」；選項4「陳さんは男だそうです」則是表示「傳聞」的句型，可以解釋為「聽說陳先生是男的」。答案應為3，因為「心が広くて、力が強い」（心胸寬大、孔武有力）可視為男性的「典型」。

28 しゃちょうに　すぐ　れんらくして　ください。

1 しゃちょうに　すぐ　きいて　ください。

2 しゃちょうに　すぐ　たずねて　ください。

3 しゃちょうに　すぐ　つたえて　ください。

4 しゃちょうに　すぐ　とどけて　ください。

→ 社長に　すぐ　連絡して　ください。

中譯 請立刻通知社長。

解析 「連絡する」除了有「聯絡」的意思外，通常還帶有「通知」的用法。選項1「社長にすぐ聞いてください」和選項2「社長にすぐたずねてください」都是「請立刻詢問社長」，而選項3「社長にすぐ伝えてください」是「請立刻告訴社長」；選項4「社長にすぐ届けてください」是「請立刻交給社長」的意思，故答案應為3。

29 かれは　なぜ　きませんでしたか。

1 かれは　また　きませんでしたか。

2 かれは　よく　きませんでしたか。

3 かれは　どうして　きませんでしたか。

4 かれは　どうやって　きませんでしたか。

→ 彼は　なぜ　来ませんでしたか。

中譯 他為什麼沒來呢？

解析 本題考副詞及疑問詞的用法，「なぜ」是疑問詞，問「原因」，常可翻譯為「為何、為什麼」；選項1「また」是副詞，意思為「又～」；選項2「よく」也是副詞，表示「常常」；選項3「どうして」是疑問詞，問「原因」，可以翻譯為「為什麼」；選項4「どうやって」也是疑問詞，問的是「工具、手段」，通常翻譯為「如何」，故答案為3。

30 あついので　まどを　あけて　ください。

1 あついので　まどを　しめて　ください。

2 あついので　まどを　とじて　ください。

3 あついので　まどを　ひらいて　ください。

4 あついので　まどを　つけて　ください。

→ 暑(あつ)いので　窓(まど)を　開(あ)けて　ください。

中譯 因為很熱，請打開窗戶。

解析 選項1的「窓(まど)を閉(し)めてください」和選項2的「窓(まど)を閉(と)じてください」意思相同，都是「請關窗」；選項3的「窓(まど)を開(ひら)いてください」才是「請開窗」的意思，故答案為3。此外，選項4的「窓(まど)をつけてください」是錯誤用法，「つける」要用於開電器產品，例如「クーラーをつける」（開冷氣）。

問題5　請從1・2・3・4中，選出一個以下語彙用法裡最適當的用法。

31 さしあげる

1 こどもに　おかしを　さしあげました。

2 いぬに　えさを　さしあげました。

3 花に　水を　さしあげました。

4 先生に　花を　さしあげました。

→ 先生(せんせい)に　花(はな)を　差(さ)し上(あ)げました。

中譯 送了老師花。

解析 「差(さ)し上(あ)げる」是「上(あ)げる」（給）的謙讓語，所以必須用於輩份、地位比自己高的人，故答案為4。其餘三個選項則都應改為「やる」才適合，選項1成為「子(こ)どもにお菓子(かし)をやりました」（給了小孩點心）；選項2則成為「犬(いぬ)に餌(えさ)をやりました」（餵狗吃了東西）；選項3則是「花(はな)に水(みず)をやりました」（給花澆了水）。

32 ねっしん

1 がくせいは　ねっしんに　べんきょうして　います。

2 あの　人は　こころが　とても　ねっしんです。

3 あめが　ねっしんに　ふって　います。

4 おなかが　すいて　いるので、ねっしんに　たべて　います。

→ 学生(がくせい)は　熱心(ねっしん)に　勉強(べんきょう)して　います。

中譯 學生積極地唸著書。

解析 「熱心」這個詞，漢字雖然是「熱心」，但意思上主要用來表示「積極」、「熱衷」的意思，故答案為1。

33 したく

1 せんせいに　こたえて　いただく　しつもんを　3つ　したくして　いる。

2 この　レストランには　よやくの　したくが　あります。

3 しゅくだいは　ぜんぶ　したくしました。

4 しょくじの　したくは　もう　できました。

→ 食事の　支度は　もう　できました。

中譯 餐都已經準備好了。

解析 「支度」有「準備」的意思，常常用於「夕食を支度する」（準備晚餐）、「出張の支度」（出差的準備）等情形，故答案為4。

34 わかす

1 おゆを　わかして　おちゃを　のみましょう。

2 たまごは　わかしてから　たべます。

3 さむく　なって　きたので、ストーブを　わかしました。

4 あつい　シャワーを　わかして　います。

→ お湯を　沸かして　お茶を　飲みましょう。

中譯 來燒開水喝茶吧。

解析 「沸かす」是「使之沸騰」的意思，所以可以用來表示「燒開水」（お湯を沸かす）。此外，選項2應改為「卵は茹でてから食べます」（蛋要水煮過之後再吃）才適合；選項3則要改為「寒くなってきたので、ストーブをつけました」（因為變冷了起來，所以開了暖爐）；選項4則應為「熱いシャワーを浴びています」（正在洗熱水澡）。

35 けんぶつ

1 せんしゅう、しごとで　ピアノの　こうじょうを　けんぶつしました。

2 せんしゅう、きょうとを　けんぶつしました。

3 にほんへ　いって　さくらを　けんぶつしようと　おもって　います。

4 きのう、テレビで　にほんの　ニュースを　けんぶつしました。

→ 先週、京都を　見物しました。

中譯 上星期參觀了京都。

解析「見物(けんぶつ)」是「參觀、觀光」的意思，故答案為2。選項1應改為「先週(せんしゅう)、仕事(しごと)でピアノの工場(こうじょう)を見学(けんがく)しました」（上星期因為工作的關係，見習了鋼琴工廠）；選項3則要改為「日本(にほん)へ行(い)って桜(さくら)を見(み)ようと思(おも)っています」（想要去日本賞櫻）較適合；選項4則應改為「きのう、テレビで日本(にほん)のニュースを見(み)ました」（昨天在電視上看了日本新聞）。

言語知識（文法）・讀解

問題1 （　　）中要放入什麼呢？請從1・2・3・4中，選出一個最正確的答案。

1 ろうかから　へんな　音（　　）　します。

1 を　　2 が　　3 に　　4 で

→ 廊下（ろうか）から　変（へん）な　音（おと）が　します。

中譯 從走廊傳來怪聲音。

解析 這個句型可記憶為「五感＋が＋します」。所謂的「五感」，指的就是「声（こえ）」（聲音）、「匂（にお）い」（氣味）、「味（あじ）」（味道）等「五官」的感覺，所以只要出現「五感」，後面的動詞為「します」時，記住中間加上的助詞應為「が」，故答案為2。

2 せんぱいの　はなしでは　新しい　パソコンは　とても　（　　）　そうです。

1 いい　　2 いいだ　　3 よさ　　4 よく

→ 先輩（せんぱい）の　話（はなし）では　新（あたら）しい　パソコンは　とても　いい　そうです。

中譯 據學長所說，新電腦聽說非常好。

解析「～そう」有「傳聞」（聽說～）和「樣態」（看起來、就要～）二種用法。若是「傳聞」的用法，「イ形容詞」直接加上「そう」就好了；若是「樣態」的用法，要將「イ形容詞」的語尾「い」去掉，再加上「そう」，但若是「いい」，則要變成「よさ」再加上「そう」。本題從「先輩（せんぱい）の話（はなし）では」（據學長所說）來判斷，應為「傳聞」用法，故答案為1。

3 まどが　（　　）。

1 あいて　います　　2 あいて　あります
3 あけて　います　　4 あけます

→ 窓（まど）が　開（あ）いて　います。

中譯 窗戶開著。

解析 本題主要考「自動詞＋ている」、「他動詞＋てある」這二個表示「狀態」句型的判斷。「開（あ）く」是「自動詞」，「開（あ）ける」是「他動詞」。自動詞之後絕對不會出現「てある」，故選項2優先排除。「他動詞」雖然有可能加上「ている」表示「進行式」，但助詞應為表示受詞的「を」，所以選項3若改為「窓（まど）を開（あ）けています」會成為正確的句子，但意思為「正在開窗戶」。而選項4只留下「開（あ）ける」這個「他動詞」，所以前面的助詞理應為表示受詞的「を」，所以要改為「窓（まど）を開（あ）けます」（開窗）才是正確的表達。正確答案為選項1。

4 かいぎに　おくれる。（　　　）。

1 急ぐな　　2 急げ　　3 急がず　　4 急ぎ

→ 会議(かいぎ)に　遅(おく)れる。急(いそ)げ。

中譯 會議要遲到了。快一點！

解析 本題考「命令形」。「急(いそ)ぐ」為第一類動詞，「命令形」則要將其語尾音節改為「e段音」，故成為「急(いそ)げ」（快！）。「禁止形」則是在動詞後加上「な」就可以了，所以選項1「急(いそ)ぐな」即為禁止形，意為「不要急！」。

5 タバコを　（　　　）すぎないで　ください。

1 すい　　2 すう　　3 すって　　4 すわ

→ タバコを　吸(す)い過(す)ぎないで　ください。

中譯 請不要抽太多菸。

解析 本題考「複合動詞」，只要是「複合動詞」，前一個動詞都應該改為「ます形」才能連接下一個動詞。選項1為「ます形」，選項2為「辭書形」，選項3為「て形」，選項4加上「ない」就成為「ない形」，故答案為1。

6 子どもたちは　（　　　）そうに　あそんで　います。

1 たのしい　　2 たのし　　3 たのしく　　4 たのしくて

→ 子(こ)どもたちは　楽(たの)しそうに　遊(あそ)んで　います。

中譯 小孩子們看起來很開心地在玩著。

解析 本題的「～そう」為「樣態」用法（看起來～），所以要將「イ形容詞」的語尾「い」去掉，再加上「そう」，才是正確答案，故應選2。

7 A「先生、もう　薬を　飲まなくても　いいですか」

B「いいえ、金曜日までは　（　　　）」

1 飲んで　ください　　2 飲まないで　ください

3 飲んでも　いいです　　4 飲んでは　いけません

→ A「先生(せんせい)、もう　薬(くすり)を　飲(の)まなくても　いいですか」

B「いいえ、金曜日(きんようび)までは　飲(の)んで　ください」

中譯 A「醫生，已經可以不用吃藥了嗎？」

B「不行，請吃到星期五。」

解析 選項1「～てください」是「請～」；選項2「～ないでください」是「請不要～」；

選項3「～てもいいです」表示「許可」，是「可以～」的意思；選項4「～てはいけません」表示「禁止」，是「不可以～」的意思，依句意，答案為1。

8 そふは　病気が　ひじょうに　おもかったので、医者に　すぐ　（　　　）。

1 入院しました　　2 入院させました

3 入院されました　　4 入院させられました

→ 祖父は　病気が　非常に　重かったので、医者に　すぐ　入院させられました。

中譯 祖父病非常重，所以被醫生要求立刻住院。

解析 選項1「～します」是「主動句」；選項2「～させます」是「使役句型」；選項3「～されます」是「被動句型」；選項4「～させられます」是「使役被動」句型。由於「医者」後面有「に」，所以選項1完全不考慮。而選項2的意思會變成「讓醫生住院」；選項3則是「被醫生住院」，意思也都不合理。選項4「使役被動」可以用來表示「受迫」的感覺，在此則是表達出了祖父不願住院，而醫生堅持要他住院的意思，故答案為4。

9 おきゃくさまは　どこに　（　　　）か。

1 すわりに　なります　　2 おすわります

3 すわられます　　4 おすわられます

→ お客様は　どこに　座られますか。

中譯 客人要坐在哪裡呢？

解析 本題考尊敬語，一般的動詞變成尊敬語有二種規則變化，一種是將動詞變成「被動形」（此時的「尊敬語」和「被動」同形）；另一種則是將動詞變成「ます形」後，前面加上「お～」，後面加上「～になります」，所以成為「お＋ます形＋になります」。因此，「座ります」的尊敬語有「座られます」和「お座りになります」二種。選項1少了「お」，選項4多了「お」，故答案為3。

10 しゃちょうに　貸して　（　　　）　カメラで、しゃしんを　とりました。

1 くれた　　2 あげた　　3 くださった　　4 いただいた

→ 社長に　貸して　いただいた　カメラで、写真を　撮りました。

中譯 用社長借給我的相機拍了照片。

解析 本題考「授受動詞」中「行為授受」的用法。「社長」後面有「に」，所以選項1、3完全不考慮（改為「が」才合理）。選項2的意思會成為「用借給社長的相機」，此時相機已經借給社長了，當然沒辦法「用」，故答案為4。

11 わたしは　日本へ　1度も　（　　　）。

1 行った　ことが　あった　　2 行った　ことが　ない

3 行った　ことが　ある　　4 行く　ことが　ない

→ 私は　日本へ　1度も　<u>行った　ことが　ない</u>。

中譯 我一次也沒去過日本。

解析 本題考「經驗」的句型，基本句型為「た形＋ことがある」，而前面已經出現了「1度も」（一次也～），所以句尾應為否定，故答案為2。

12 「はじめまして。木村と　（　　　）」

1 おっしゃいます　　2 もうします　　3 なさいます　　4 いたします

→ 「始めまして。木村と　<u>申します</u>」

中譯 「初次見面，我叫木村。」

解析 本題考敬語，選項1「おっしゃいます」是「言います」（說）的尊敬語；選項2「もうします」是「言います」的謙讓語；選項3「なさいます」是「します」（做）的尊敬語；選項4「いたします」是「します」的謙讓語，本句用於自我介紹，故答案為2。

13 あさねぼうを　したので、ごはんを　（　　　）　会社へ　行った。

1 食べなくて　　2 食べずに　　3 食べて　　4 食べない

→ 朝寝坊を　したので、ご飯を　<u>食べずに</u>　会社へ　行った。

中譯 因為睡過頭，所以沒吃飯就去公司了。

解析 先就句意判斷，應選擇「否定」用法，表達「沒吃～然後～」才合理，故先排除選項3。而「～なくて」是用來表示因果關係（因為沒～所以～），故選項1也不合理。選項4則少了「～で」，選項2「食べずに」就等於「食べないで」，故答案為2。

14 田中と　いう　方を　（　　　）か。

1 ごぞんじます　　2 ごぞんじします

3 ごぞんじです　　4 ごぞんじなさいます

→ 田中と　いう　方を　<u>ご存知です</u>か。

中譯 您認識一位叫做田中的先生嗎？

解析 本題考敬語，「知っています」的尊敬語為「ご存知です」，故答案為3。

15 日本人の　家には　くつを　（　　　）　まま　入っては　いけません。

1 はく　　2 はいて　　3 はいた　　4 はかない

→ 日本人の　家には　靴を　<u>はいた</u>　まま　入っては　いけません。

中譯 不可以穿著鞋子進日本人的家。

解析 「～まま」表示「維持原狀」，前面的動詞只可能有「た形」或「ない形」，故選項1、2均可排除。選項3「た形」是用來表示維持「做了」的狀態，選項4「ない形」則是維持「不做」的狀態。由於進日本人家應該要脫鞋，所以「不可以持續『穿了』鞋的狀態」，故答案為3。

問題2　放入＿★＿中的語彙是什麼呢？請從1・2・3・4中選出一個最適當的答案。

16 どんなに　＿＿＿　＿＿＿　＿★＿　＿＿＿　います。

1 見つからなくて　　2 財布が　　3 困って　　4 探しても

→ どんなに　<u>探しても</u>　<u>財布が</u>　<u>見つからなくて</u>　<u>困って</u>　います。

中譯 怎麼找都找不到錢包，很傷腦筋。

解析 本句只要可以判斷使用了「～ても」（再～也～）這個逆態接續詞的意思，應能辨別出答案，答案應選1。

17 田中さんは　＿★＿　＿＿＿　＿＿＿　＿＿＿　です。

1 ピアノも　　2 歌も　　3 ひけるし　　4 上手

→ 田中さんは　<u>ピアノも</u>　<u>ひけるし</u>　<u>歌も</u>　<u>上手</u>　です。

中譯 田中先生又會彈鋼琴、歌又唱得好。

解析 本句重點在測驗表示「又～又～」的「～も～し～も～」這個句型，故答案為1。

18 林さんは、アルバイトを　して　いる　＿★＿　＿＿＿　＿＿＿　＿＿＿　です。

1 先生には　　2 ことを

3 よう　　4 知られたくない

→ 林さんは、アルバイトを　して　いる　<u>ことを</u>　<u>先生には</u>　<u>知られたくない</u>　<u>よう</u>　です。

中譯 林同學好像不想被老師知道他在打工的事。

解析 本句牽涉的文法眾多，但只要能判斷出表示受詞的「～を」在哪裡就可以了，答案為2。

19 A「レポートは　もう　出しましたか」

B「いいえ、＿＿＿　＿＿＿　＿＿＿　＿★＿　です」

1 いる　　2 今　　3 ところ　　4 書いて

→ A「レポートは　もう　出しましたか」

B「いいえ、今　書いて　いる　ところ　です」

中譯 A「報告已經交了嗎？」

B「不，我現在正在寫。」

解析 本題練習的是「～（ている）ところ」（正在～）這個句型，答案為3。

20 子どもに　言われて、わたしは　＿＿＿　＿＿＿　＿＿＿　＿★＿　に　しました。

1 タバコ　　2 こと　　3 を　　4 やめる

→ 子どもに　言われて、私は　タバコ　を　やめる　こと　に　しました。

中譯 被小孩唸了，所以我決定要戒菸。

解析 本題測驗「～ことにします」這個句型，這個句型用來表示「決定～」，故答案為2。

問題3　21 ～ 25 中放入什麼呢？請從1・2・3・4中，選出一個最適當的答案。

わたしは　キムです。今年の　9月に　韓国の　ソウル 21 から　来ました。今は、大阪の　日本語学校の　学生で　20才です。

中譯 我是金。今年九月從韓國的首爾來的。現在是大阪的日本語學校的學生，二十歲。

学校は、22 あまり　大きくないです。でも、建物は　とても　新しいです。学生は全部で　100人 23 ぐらい　います。韓国の　学生だけでは　ありません。いろいろな国の　学生が　います。中国や　台湾の　学生も　います。タイの　学生も　います。みんな　わたしの　クラスメートです。

中譯 學校不太大。但是建築物很新。學生總共有一百人左右。不只韓國的學生而已。有各國的學生。也有中國和台灣的學生。也有泰國的學生。全部都是我的同學。

寮は　学校の　そばに　あります。学生は　みんな　この　寮に　住んで　います。わたしたちは　毎日、食堂で　いっしょに　ご飯を　食べます。24 そして、日本語を勉強します。日本語は　難しいですから、毎日、朝から　晩まで　勉強します。

中譯 宿舍在學校的旁邊。學生全部都住在這棟宿舍裡。我們每天一起在餐廳吃飯。然後讀日文。因為日文很難，所以我每天從早讀到晚。

わたしは　この　学校 25 で　半年　日本語を　勉強します。そして、来年の　4月に　大学へ　行きます。そこで　経済を　勉強する　つもりです。

中譯 我要在這所學校讀半年日文。然後，明年四月要上大學。打算在那裡讀經濟。

21

1 から　　2 へ　　3 で　　4 に

解析「名詞＋から」表示動作的「起點」，故答案為1。

22

1 とても　　2 ときどき　　**3 あまり**　　4 いつも

解析「あまり～ない」表示「不太～」，故答案為3。

23

1 ごろ　　2 しか　　3 で　　**4 ぐらい**

解析「數量詞＋ぐらい」表示「～左右、差不多～」，故答案為4。

24

1 しかし　　**2 そして**　　3 それで　　4 それに

解析「そして」是表示「並列」的接續詞，可解釋為「然後～」，故答案為2。

25

1 に　　**2 で**　　3 へ　　4 から

解析「で」表示「動作發生的場所」，故答案為2。

問題4　請閱讀以下的文章，回答問題。請從1・2・3・4中，選出一個最正確的答案。

最近の子どもは、寝る時間が遅くなりました。そこで、小学校3年生50人に聞いてみました。10時より前に寝る子どもは5人しかいませんでした。10時から11時までに寝る子は15人、11時すぎまで起きている子は30人でした。11時すぎまで起きている子の中には、12時すぎまで起きている子が2人もいました。

中譯 最近的小孩，睡覺時間變晚了。因此，試著問了五十位小學三年級的學生。十點以前睡覺的小孩只有五個人。十點到十一點睡覺的小孩是十五個人、過十一點還醒著的小孩是三十人。過十一點還醒著的小孩中，甚至有二個人是過十二點還醒著的。

26 11時すぎまで起きている子どもは何人ですか。

（過十一點還醒著的小孩有幾人？）

1　30人です。

（三十人。）

2　32人です。

（三十二人。）

3　45人です。

（四十五人。）

4　47人です。

（四十七人。）

クラスメートの陳君は、友だちといっしょに初めてスキーに行きました。スキーができないということをクラスメートに言えなくて、みんなが滑っているときに「僕は、スキーはうまいけど嫌いなんだ」と言い、ホテルにいた子どもたちとずっとカラオケをやっていました。

中譯 班上的陳同學和朋友一起第一次去滑雪。他不敢對同學說自己不會滑雪，所以在大家滑雪時說：「我很會滑雪，但我不喜歡。」然後就一直和飯店裡的小孩們唱卡拉OK。

27 陳君はどうしてカラオケをしましたか。

（陳同學為什麼唱卡拉OK呢？）

1 スキーが上手だからです。

（因為滑雪很厲害。）

2 スキーができないからです。

（因為不會滑雪。）

3 友だちが嫌いだからです。

（因為討厭朋友。）

4 カラオケが好きだからです。

（因為喜歡卡拉OK。）

東京は日本のまん中にあります。東京では春になると、桜の花が咲きます。桜の花が咲くと、上野公園はお花見の人でいっぱいになります。5月には浅草の神社で大きなお祭りがあります。そのお祭りはとても有名で、たくさんの人がそれを見物に行きます。

中譯 東京位於日本的正中央。在東京，一到春天，櫻花就會開。櫻花一開，上野公園就會滿是賞櫻的人。五月在淺草的神社會舉行盛大的祭典。那個祭典非常有名，許多人會去參觀祭典。

28 それは何ですか。

（「それ」指的是什麼呢？）

1 上野公園です。

（上野公園。）

2 桜の花です。

（櫻花。）

3 浅草です。

（淺草。）

4 お祭りです。

（祭典。）

日本語には3種類の文字があります。それは漢字とひらがなとカタカナです。主に漢字とひらがなをつかいます。漢字は意味を表していますが、ひらがなとカタカナは音だけを表しています。ひらがなとカタカナには、意味はありません。

中譯 日文中，有三種文字。那就是漢字、平假名和片假名。主要使用漢字和平假名。漢字表意，而平假名和片假名只表音。平假名和片假名本身沒有意義。

29 日本語の3種類の文字のうち、音を表しているのはどれですか。

（日文的三種文字當中，表音的是哪一個呢？）

1 カタカナです。

（片假名。）

2 漢字です。

（漢字。）

3 漢字とひらがなです。

（漢字和平假名。）

4 ひらがなとカタカナです。

（平假名和片假名。）

問題5　請閱讀以下的文章，回答問題。請從1・2・3・4中，選出一個最正確的答案。

わたしは、昼は学校で日本語を勉強していますが、夜はレストランでアルバイトをしています。この仕事は友だちに紹介してもらいました。仕事はウエイターで、お皿を運んだり、テーブルの上を片付けたりします。店の人たちはみんな親切で、いろいろなことを教えてくれます。だから、わたしももっと一生けんめい働かなくてはいけないと思います。

中譯 我白天在學校學日文，晚上在餐廳打工。這個工作是請朋友介紹的。工作是服務生，端盤子、整理桌面。店裡的人都很親切，會教我各種事。所以，我覺得一定也要更努力工作才行。

この仕事はお客さんと話すので、日本語がだいぶわかるようになりました。お客さんが笑顔で「ごちそうさま」と言ってくれるとき、とてもうれしく感じます。だから大きな声で「ありがとうございました」と言います。店長は忙しいらしくて、いつも夜遅くまで残業しています。

中譯 因為這份工作要和客人說話，所以日文大致上都聽得懂了。當客人笑著對我說「吃飽了」時，我會感到非常高興，所以會大聲說「謝謝」。店長好像非常忙碌，總是加班到半夜。

学校で勉強したあと、仕事をするのはとても疲れます。でも、将来、国で自分の店を持ちたいと思っているし、いろいろな人と知り合うことができるのは楽しいので、がんばろうと思います。

中譯 學校上課之後再工作，非常累。但是，因為將來想在國內擁有自己的店，也因為能夠認識很多人很開心，所以我會加油的。

（C&P日本語教育・教材研究会『日本語作文（1）』による）

（取材自C&P日本語教育・教材研究會《日本語作文（1）》）

30 「わたし」の仕事の内容は何ですか。

（「我」的工作內容是什麼呢？）

1 店の人に日本語を教えることです。

（教店裡的人日文。）

2 店の人にいろいろなことを教えることです。

（教店裡的人各種事。）

3 料理を作ることです。

（做菜。）

4 お皿を運んだり、テーブルの上を片付けたりすることです。

（端盤子、整理桌面。）

31 どのようにして、この仕事をすることになったのですか。

（為什麼會做這份工作呢？）

1 先生が紹介してくれました。

（是老師幫我介紹的。）

2 自分で見つけました。

（是自己找到的。）

3 店長が忙しいからです。

（因為店長很忙。）

4 友だちのおかげです。

（託朋友的福。）

32 仕事で、うれしいと感じるのはなぜですか。

（工作時，覺得很開心是為什麼呢？）

1 日本語がだいぶわかるようになったから。

（因為日文大致上都懂了。）

2 店の人がいろいろなことを教えてくれるから。

（因為店裡的人教他很多事。）

3 お客さんが笑顔で「ごちそうさま」と言ってくれるから。

（因為客人笑著說：「吃飽了。」）

4 友だちが仕事を紹介してくれたから。

（因為朋友幫忙介紹了工作。）

33 「わたし」は、これからどんな仕事をしたいと思っていますか。

（「我」今後想從事怎樣的工作呢？）

1 学校で勉強したいと思っています。

（想在學校讀書。）

2 いろいろな人と知り合いたいと思っています。

（想認識各種人。）

3 自分の店を持ちたいと思っています。

（想有一家自己的店。）

4 がんばりたいと思っています。

（想好好加油。）

問題6　請看以下的A「給由紀子小姐的信」和B「飯店資訊一覽表」，回答問題。解答請從1・2・3・4中，選出一個最適當的答案。

34 ゆりこさんはどのホテルにしようと思(おも)っていますか。
（百合子小姐想要哪一家飯店呢？）

1 リーセントホテル
（立森飯店）

2 太泉閣(たいせんかく)
（太泉閣）

3 ひがし屋(や)ホテル
（東屋飯店）

4 若松本店(わかまつほんてん)
（若松本店）

35 海(うみ)で泳(およ)いだり、温泉(おんせん)にも入(はい)りたいが、あまりお金(かね)をかけたくない人(ひと)なら、どのホテルがいいですか。
（想在海裡游泳，也想泡溫泉，但是不想花太多錢的人的話，哪家飯店好呢？）

1 リーセントホテル
（立森飯店）

2 太泉閣(たいせんかく)
（太泉閣）

3 ひがし屋(や)ホテル
（東屋飯店）

4 若松本店(わかまつほんてん)
（若松本店）

A　ゆきこさんへの手紙

ゆきこさん、お元気ですか。

今度行く旅行のホテルを、インターネットで探してみました。温泉があって、テニスができるホテルです。ホテルにあるプールで泳げますから、海から少し遠くてもかまわないと思います。レストランは3つあって、中華と和食、洋食が選べます。「部屋から富士山も見える」とホテルのリストに書いてありました。なかなかいいホテルだと思います。ホテルの名前は○○です。ゆきこさんもそこでよかったら、予約するつもりです。お返事、お待ちしています。

4月20日

ゆりこ

中譯

A　給由紀子小姐的信

由紀子小姐，妳好嗎？

我用網路試著搜尋了一下這次要去旅行的飯店。是一家有溫泉、可以打網球的飯店。因為可以在飯店內的游泳池游泳，所以我想離海邊遠一點也沒關係。餐廳有三家，可以選中國菜、日本菜、西餐。飯店的一覽表上面還寫了「從房間可以看到富士山」。我覺得是相當好的飯店。飯店名字是○○。如果由紀子小姐也覺得那裡可以的話，我打算就來預約。等妳的回信。

四月二十日

百合子

B　ホテル　インフォメーション　リスト

旅館名	料金	レストラン	スポーツ施設/温泉	その他
リーセントホテル	2万円～3万円	ザ・トップ（洋） 彩風（和） ギャラクシー（バー）	P・T	海まで徒歩10分。
太泉閣	1万円～1．7万円	パティオ（洋） 桃李（中） ほかけ鮨（和）	P・T・温	全室から海が見えます。海まで5分。

ひがし屋(や)ホテル	1．5万円(いってんごまんえん)～2．2万円(にてんにまんえん)	松風(まつかぜ)（和(わ)） 満天(まんてん)（中(ちゅう)） レインボー（バー）	P・T・S・温(おん)	全室(ぜんしつ)から富士山(ふじさん)が見(み)えます。
若松本店(わかまつほんてん)	1．5万円(いってんごまんえん)～2万円(にまんえん)	セリーナ（洋(よう)） 銀河亭(ぎんがてい)（和(わ)） 蓬莱(ほうらい)（中(ちゅう)）	P・T・温(おん)	富士山(ふじさん)の眺(なが)めが最高(さいこう)。

レストラン　（洋(よう)）洋食(ようしょく)　（中(ちゅう)）中華料理(ちゅうかりょうり)　（和(わ)）和食(わしょく)　（バー）バー

スポーツ施設(しせつ)　P：プール　T：テニス　S：スキー　温(おん)：温泉(おんせん)

中譯

B　飯店資訊一覽表

旅館名稱	費用	餐廳	運動設施／溫泉	其他
立森飯店	20000日圓～30000日圓	The Top（洋） 彩風（和） Galaxy（酒吧）	P・T	到海邊徒步十分鐘。
太泉閣	10000日圓～17000日圓	Patio（洋） 桃李（中） 帆掛鮨（和）	P・T・溫	從每間房間都看得到海。到海邊五分鐘。
東屋飯店	15000日圓～22000日圓	松風（和） 滿天（中） Rainbow（酒吧）	P・T・S・溫	從每間房間都看得到富士山。
若松本店	15000日圓～20000日圓	Serina（洋） 銀河亭（和） 蓬萊（中）	P・T・溫	富士山的景緻最棒。

餐廳　（洋）西餐　（中）中國菜　（和）日本料理　（Bar）酒吧

運動設施　P：游泳池　T：網球場　S：滑雪場　溫：溫泉

聽解

問題1

問題 1　請先聽問題，然後聽對話，從選項 1 到 4 中，選出一個最正確的答案。

1　MP3-01

男の人と女の人がレストランで話しています。女の人は何にしますか。

（男子和女子正在餐廳說話。女子要點什麼呢？）

男：ここのカレー、おいしいですよ。

（這裡的咖哩，很好吃喔！）

女：そうですか。でも、カレーはちょっと……。

（這樣啊。不過我對咖哩……）

男：じゃ、サンドイッチは？

（那麼三明治呢？）

女：それにします。

（就那個吧。）

男：飲み物はコーヒーにしますか、ジュースにしますか。

（飲料要咖啡、還是果汁呢？）

女：昔、よくコーヒーを飲んでいましたが、今は……。

（我以前很常喝咖啡，不過現在……）

男：そうですか。じゃ、ジュースにしましょう。

（這樣啊。那就果汁吧！）

女の人は何にしますか。

（女子要點什麼呢？）

答案　1

2 MP3-02

男の人が電話で女の人に正しい番号を話しています。女の人はどの番号をどうなおしますか。

（男子正用電話告訴女子正確的號碼。女子把哪個號碼做怎樣的修改呢？）

男：すみません、１６ページの番号ですが……。

（不好意思，十六頁的號碼……）

女：はい、「８１７５」と書いてありますよ。

（好，上面寫著「8175」呀！）

男：それ、なおしてほしいんです。

（那個，我想改一下。）

女：どうしてですか。

（為什麼呢？）

男：正しいのは「１８７５」なんです。

（正確的是「1875」。）

女：えっ、「１１７……」。

（嗯，「 117……」）

男：いいえ、「１８７５」です。

（不是，是「1875」。）

女：あ、１と８が違うんですね。

（啊，是1和8弄錯了呀！）

男：ええ。

（是的。）

女の人はどの番号をどうなおしますか。

（女子把哪個號碼做怎樣的修改呢？）

答案　2

3 MP3-03

男の人が女の人に電話をしています。男の人は何を買って帰りますか。

（男子正打電話給女子。男子要買什麼回去呢？）

男：これから帰るけど、何か買って帰ろうか？

（我現在要回家，要買什麼回來嗎？）

女：あっ、ありがとう。えーっとね、牛乳、それから……。

（啊，謝謝。這個嘛，牛奶、還有……）

男：ちょっと待って、牛乳は１本でいいの？

（先等一下，牛奶一瓶就好了嗎？）

女：えっと、2本お願い。それから卵。

（嗯，二瓶好了。然後還有蛋。）

男：あれっ、卵はまだたくさんあったよね。

（咦？蛋還有很多不是嗎？）

女：ごめん、全部割っちゃったの。

（不好意思，我全都打破了。）

男：わかった。じゃ、買って帰る。

（我知道了。那麼我買回來。）

男の人は何を買って帰りますか。

（男子要買什麼回來呢？）

1 ぎゅうにゅう１本。

（一瓶牛奶。）

2 ぎゅうにゅう2本。

（二瓶牛奶。）

3 ぎゅうにゅう１本とたまご。

（一瓶牛奶和雞蛋。）

4 ぎゅうにゅう2本とたまご。

（二瓶牛奶和雞蛋。）

4 MP3-04

電車が止まりました。これからどうやって学校まで行きますか。

（電車停駛了。接下來要怎麼到學校呢？）

男：困ったね。これじゃ、間に合わないよ。どうする？バスで行こうか。

（真傷腦筋耶！這樣的話，會來不及喔！怎麼辦？搭公車去吧？）

女：うん、地下鉄で行かない？

（嗯，要不要搭地鐵去？）

男：わかった。駅からはどうする？バス？タクシー？

（了解。出車站後怎麼辦呢？公車？計程車？）

女：バスはなかなか来ないんだよね。タクシーは高いし……。

（公車要等很久耶！計程車又貴……）

男：あっ、でも朝ならバス、けっこう来るよ。

（啊，不過早上的話，公車很多喔！）

女：じゃあ、そうしよう。

（那麼，就這麼做吧！）

これからどうやって学校まで行きますか。

（接下來要怎麼去學校呢？）

答案　1

5 MP3-05

男の人が女の人に聞いています。パン屋はどこにありますか。

（男子正在問女子。麵包店在哪裡呢？）

男：このあたりに、パン屋はありますか。

（這一帶，有麵包店嗎？）

女：ええ、この道をまっすぐ行って、右に曲がったところの左手にある、最初のお店です。

（有，沿著這條路直走，一右轉的左手邊，第一家店就是。）

男：どうもありがとう。

（謝謝。）

パン屋はどこにありますか。

（麵包店在哪裡呢？）

答案　2

6 MP3-06

男の人と女の人がカレンダーを見ながら話しています。2人はいつ食事に行きますか。

（男子和女子正一邊看著月曆一邊在說話。二個人哪一天要去吃飯呢？）

男：来週、授業が終わったら、いっしょに食事に行きませんか。

（下星期，下課後要不要一起去吃飯？）

女：いいですね。いつにしますか。

（好呀。決定哪一天呢？）

男：そうですね。私は火曜と木曜以外ならいつでも大丈夫です。

（這個嘛，我除了星期二、星期四以外，什麼時間都沒問題。）

女：そうですか。私は1日と3日にはアルバイトに行くので……。

（這樣子呀。因為我一號和三號要去打工……）

男：じゃ、その日にしましょう。

（那麼，就決定那一天吧！）

女：はい。

（好。）

2人はいつ食事に行きますか。

（二個人哪一天要去吃飯呢？）

答案　4

7 MP3-07

男の人は女の人に何を持っていってもらいますか。

（男子請女子幫忙拿什麼去呢？）

女：木村さんのお見舞いに病院へ行ってきます。

（我要去醫院探望一下木村先生。）

男：ああ、悪いけど、これ渡してもらえない？

（啊，不好意思，能不能幫我把這個拿給他？）

女：いいけど、何？果物は私が買っていくけど。

（可以呀，不過，這是什麼？水果的話，我會買過去。）

男：やることがなくて暇だと思うから、木村さんの好きそうな音楽や映画を入れといたんだ。

（因為我想他沒事做會很無聊，所以就把木村先生看起來會喜歡的音樂和電影先灌在裡面。）

女：いいわね。きっと喜ぶわよ。

（好好喔！他一定會很開心的喔！）

男の人は女の人に何を持っていってもらいますか。

（男子請女子幫忙拿什麼去呢？）

答案　3

8 MP3-08

男の人と女の人が話しています。男の人は今年の誕生日に、息子さんから何をもらいましたか。

（男子和女子正在說話。男子今年生日，從兒子那裡得到了什麼呢？）

女：わあ、いい時計ね。

（哇，好棒的手錶呀！）

男：おととしの誕生日に、息子がくれたんだ。

（這是前年生日，兒子送我的。）

女：あっ、そうなの。今年は？

（啊，原來如此。那今年呢？）

男：息子はかばんで、娘は靴下。

（兒子送皮包，女兒送襪子。）

女：いいわね。

（好好呀！）

男の人は今年の誕生日に、息子さんから何をもらいましたか。

（男子今年生日，從兒子那裡得到了什麼呢？）

答案　4

問題2

問題 2　請先聽問題。之後，請看試題冊。有閱讀的時間。然後請聽對話，再從選項 1 到 4 中，選出一個正確答案。

9　MP3-09

男の人と女の人が話しています。男の人はどうして眠いのですか。

（男子和女子正在說話。男子為什麼很想睡呢？）

男：ああ、眠いなあ。

（啊～，好睏呀！）

女：どうして？ 毎晩遅くまで仕事してるから？それとも飲みすぎ？

（為什麼呢？是因為每天上班到很晚？還是因為喝太多？）

男：いやあ、そうじゃなくて。先月子どもが生まれたでしょう。

（不，不是那樣的。上個月不是小孩才剛出生嗎？）

女：ああ、それで……。

（喔，所以……。）

男：うん、よく泣くんだ。それで眠れなくて……。

（嗯，實在是很愛哭。所以就沒辦法睡……。）

男の人はどうして眠いのですか。

（男子為什麼很想睡呢？）

1 遅くまで仕事をしているからです。

（因為工作到很晚。）

2 夜、子どもに起こされるからです。

（因為晚上被小孩吵醒。）

3 お酒を飲みすぎるからです。

（因為喝太多酒。）

4 体の具合が悪いからです。

（因為身體狀況不好。）

10 MP3-10

男の人が病院で看護婦さんと話しています。男の人は毎日、薬をどのように飲めばいいですか。

（男子在醫院和護士正在說話。男子每天要如何吃藥好呢？）

女：じゃ、この薬を朝ごはんと晩ご飯のときに、3つずつ飲んでください。

（那麼，這個藥在早餐和晚餐時，請各吃三顆。）

男：はい、3つずつですね。ええと、食べる前ですか、それとも食べてから？

（好，各三顆對吧。嗯～，飯前嗎？還是飯後呢？）

女：食べてないときは、飲まないでください。

（沒有吃飯時，請不要吃。）

男：はい、わかりました。

（是的，我知道了。）

男の人は毎日、薬をどのように飲めばいいですか。

（男子每天要如何吃藥好呢？）

1 1日に2回、食事の前に飲みます。

（一天二次，飯前吃。）

2 1日に2回、食事のあとで飲みます。

（一天二次，飯後吃。）

3 1日に3回、食事の前に飲みます。

（一天三次，飯前吃。）

4 1日に3回、食事のあとで飲みます。

（一天三次，飯後吃。）

11 MP3-11

先生が生徒に話しています。あしたは何時にどこに集まりますか。

（老師正在跟學生說話。明天幾點在哪裡集合呢？）

先生：ええと、みなさん、あしたは旅行の日ですね。朝9時の電車に乗ります。この間は、８時半に学校の前に集まってくださいと言いましたが、集まる場所が駅の前に変わりました。それから時間も変わりました。２０分前でいいと思います。つまり、８時４０分ですね。遅れないようにしてください。

（老師：嗯～，各位，明天就是旅行的日子了。要搭早上九點的電車。我之前說請各位八點半在學校前集合，不過，集合的地點改為車站前了。而且時間也改了。我想二十分鐘前就可以了。也就是八點四十分。請不要遲到。）

あしたは何時にどこに集まりますか。

（明天幾點在哪裡集合呢？）

1 8時20分に駅の前です。

（八點二十分，車站前。）

2 8時４０分に学校の前です。

（八點四十分，學校前。）

3 8時４０分に駅の前です。

（八點四十分，車站前。）

4 9時に駅の前です。

（九點，車站前。）

12 MP3-12

先生が、太郎くんと花子さんのテストの点について話しています。2人のテストはどうでしたか。

（老師正在說關於太郎同學和花子同學的考試分數。二個人的考試如何呢？）

先生：先週、数学のテストがありましたが、花子さんの方が太郎くんより点が20点多かったです。太郎くんは毎日よく勉強していますが、花子さんは遊んでばかりいて、ほとんど勉強しません。それなのに、点は反対なんです。どうしてでしょうか。

（老師：上個星期，舉行了數學考試。花子同學比太郎同學多了二十分。太郎同學每天很用功，花子同學成天在玩，幾乎不讀書。儘管如此，分數卻是相反的。為什麼呢？）

2人のテストはどうでしたか。

（二個人的考試如何呢？）

1 太郎くんはあまり勉強していませんが、花子さんより数学ができます。
（太郎同學不太讀書，但是數學比花子同學好。）

2 太郎くんはよく勉強していますが、花子さんより数学ができません。
（太郎同學很用功，但是數學比花子同學差。）

3 花子さんはあまり勉強していませんから、太郎くんより数学ができません。
（花子同學不太用功，所以數學比太郎同學差。）

4 花子さんはよく勉強していますから、太郎くんより数学ができます。
（花子同學很用功，所以數學比太郎同學好。）

13 MP3-13

女の子が話しています。この女の子は、どんな友だちがほしいですか。

（女孩正在說話。這個女孩，想要怎樣的朋友呢？）

女：こんにちは、あきこです。１６才で、高校生です。好きなことはプールで泳いだり、山に登ったりすることです。同じことが好きな女の子と友だちになって、いっしょに遊びに行ったり、映画を見たり、いろいろ話したりしたいです。よろしくお願いします。

（你好，我叫亞希子。十六歲，是高中生。喜歡的事是在游泳池裡游泳、爬山。想和喜歡同樣事物的女孩子交朋友，一起去玩、看電影、聊天。請多多指教。）

この女の子は、どんな友だちがほしいですか。

（這個女孩，想要怎樣的朋友呢？）

1 映画が好きな男の子です。

（喜歡電影的男孩。）

2 映画が好きな女の子です。

（喜歡電影的女孩。）

3 スポーツが好きな男の子です。

（喜歡運動的男孩。）

4 スポーツが好きな女の子です。

（喜歡運動的女孩。）

14 MP3-14

男の人と女の人が話しています。男の人は、今はどうしてノートパソコンを買わないほうがいいと言っていますか。

（男子和女子正在說話。男子為什麼說現在不要買筆記型電腦比較好呢？）

女：佐藤さんの新しいノートパソコン、見た？

（你看過佐藤先生的新筆電了嗎？）

男：うん、本当に小さくて、軽いよね。

（嗯，真的很小、很輕耶。）

女：それにデザインがいいんだって。私も買おうかなあ。

（而且據說設計感很好。我也想買一台呀！）

男：うーん、でも、買うのはもう少し待ったら？

（嗯嗯，不過，要買，再等個一陣子怎麼樣？）

女：どうして？

（為什麼？）

男：もうちょっとしたら、もっと安くなるらしいよ。

（再過一陣子的話，好像會變得更便宜喔！）

男の人は、今はどうしてノートパソコンを買わないほうがいいと言っていますか。

（男子為什麼說現在不要買筆記型電腦比較好呢？）

1 小さいですが、軽くないからです。

（因為雖然很小，但是不輕。）

2 デザインがよくないからです。

（因為設計感不佳。）

3 値段が高いからです。

（因為價格很貴。）

4 使い方が難しいからです。

（因為操作還很困難。）

15 MP3-15

女の人が話しています。あしたの天気はどうだと言っていますか。

（女子正在說話。她正在說明天的天氣會如何呢？）

女：きょうは晴れていて、３０度を超える暑い日でしたが、あしたは一日中、曇っていて、気温も２５度に届かないそうです。

（今天天氣晴朗，是超過三十度的炎熱的一天，不過聽說明天一整天都是陰天，氣溫也不會超過二十五度。）

あしたの天気はどうだと言っていますか。

（她正在說明天的天氣會如何呢？）

1 曇りで、２５度以上です。

（陰天，二十五度以上。）

2 曇りで、２５度以下です。

（陰天，二十五度以下。）

3 晴れで、２５度以上です。

（晴天，二十五度以上。）

4 晴れで、２５度以下です。

（晴天，二十五度以下。）

問題3

問題3　請一邊看圖一邊聽問題。然後，從選項1到3中，選出一個正確的答案。

16 MP3-16

友だちの部屋に入ろうとしているとき、何と言いますか。
（想進朋友的房間時，要說什麼呢？）

1 ごめんなさい。
（對不起。）

2 ごめんください。
（有人在嗎？）

3 ごらんなさい。
（請看！）

17 MP3-17

部屋のドアが壊れています。管理人に何と言いますか。
（房間的門壞了。要對管理員說什麼呢？）

1 ドアを開けてもいいですか。
（我可以開門嗎？）

2 ドアが開かないんですが……。
（門打不開……。）

3 ドアを開けないといけませんよ。
（一定要開門喔！）

18 MP3-18

本を先生に渡したいです。何と言いますか。

（想把書交給老師。要說什麼呢？）

1 すみません、この本を先生に渡してくださいませんか。

（不好意思，能不能幫我把這本書交給老師呢？）

2 すみません、この本を先生に渡しましょうか。

（不好意思，我來幫你把這本書拿給老師吧！）

3 すみません、この本は先生が渡してくださいましたか。

（不好意思，這本書是老師要拿給我的嗎？）

19 MP3-19

出かけるとき、何と言いますか。

（出門時，要說什麼呢？）

1 いただきます。

（我要吃了。）

2 いってきます。

（我要走了。）

3 いってらっしゃい。

（慢走。）

20 MP3-20

日本人が日本語が上手だとほめてくれたとき、何と言いますか。

（日本人稱讚我們日文很好時，我們要說什麼呢？）

1 そうですね。私もそう思います。

（是呀！我也這麼覺得。）

2 はい、こちらこそ。

（是的，彼此彼此。）

3 いいえ、まだまだです。

（不，還不行。）

問題4

問題４　沒有圖。首先請聽句子。然後請聽回答，從選項１到３中，選出一個正確的答案。

21 MP3-21

女：まだ仕事（しごと）が終（お）わりませんか。
（工作還沒結束嗎？）

男：1 もうそろそろ終（お）わるところです。
（已經差不多要結束了。）

2 もうそろそろ終（お）わったところです。
（已經差不多剛結束了。）

3 もう始（はじ）めましたよ。
（已經開始了喔！）

22 MP3-22

男：まどを開（あ）けましょうか。
（我來開窗吧！）

女：1 いいえ、寒（さむ）いから開（あ）けなくてもいいですよ。
（不，因為很冷，所以不開也可以喔！）

2 いいえ、開（あ）けなければなりませんよ。
（不，一定要開喔！）

3 いいえ、開（あ）けたままでいいですよ。
（不，開著就好了喔！）

23 MP3-23

女：どうして遅れたのですか。

（為什麼遲到了呢？）

男：1 ゆうべ遅くまで起きていましたから。

（因為昨晚到很晚都還沒睡。）

2 今朝早く起きましたから。

（因為今天早上很早起。）

3 ゆうべ寝ませんでしたから。

（因為昨晚沒睡覺。）

24 MP3-24

男：留守の間、犬の世話をお願いできませんか。

（不在的時候，能不能麻煩你幫我照顧狗呢？）

女：1 どうぞお大事に。

（請多保重。）

2 どうぞご遠慮なく。

（請別客氣。）

3 それは大変ですね。

（那真是糟糕呀！）

25 MP3-25

男：遅くなってすみません。

（遲到了，對不起。）

女：1 いいえ、私も今来たところです。

（不會，我也才剛到。）

2 いいえ、私もまだ来ていません。

（不會，我也還沒來。）

3 はい、どういたしまして。

（好，不客氣。）

26 MP3-26

男：どうぞごらんください。

（請過目。）

女：1 では、おじゃまします。

（那麼，打擾了。）

2 では、はいけんします。

（那麼，讓我拜讀一下。）

3 では、いただきます。

（那麼，我就開動了。）

27 MP3-27

女：すみません。頭(あたま)が痛(いた)いので、先(さき)に帰(かえ)ります。

（不好意思。因為頭痛，所以要先回去。）

男：1 そうですか。お元気(げんき)で。

（原來如此。祝妳健康。）

2 そうですか。こちらこそ。

（原來如此。彼此彼此。）

3 そうですか。お大事(だいじ)に。

（原來如此。請多保重。）

28 MP3-28

女：先生(せんせい)は今(いま)どちらですか。

（老師現在在哪裡呢？）

男：1 先生(せんせい)は教室(きょうしつ)にいらっしゃいます。

（老師在教室裡。）

2 先生(せんせい)はあの方(かた)です。

（老師是那一位。）

3 先生(せんせい)は元気(げんき)です。

（老師很健康。）

N4 模擬試題　第二回　考題解析

考題解答

言語知識（文字・語彙）

問題 1（每題1分）

1 1	2 1	3 4	4 4	5 1	6 3	7 4	8 2	9 2

問題 2（每題1分）

10 2	11 3	12 2	13 3	14 3	15 1

問題 3（每題2分）

16 1	17 2	18 1	19 4	20 2	21 4	22 4	23 3	24 3	25 1

問題 4（每題2分）

26 1	27 1	28 1	29 4	30 4

問題 5（每題3分）

31 3	32 4	33 1	34 2	35 4

言語知識（文法）・讀解

問題 1（每題1分）

1 4　2 3　3 4　4 4　5 2　6 1　7 4　8 2　9 3　10 3
11 2　12 3　13 2　14 4　15 2

問題 2（每題1分）

16 3　17 2　18 4　19 3　20 2

問題 3（每題2分）

21 3　22 2　23 1　24 4　25 2

問題 4（每題3分）

26 2　27 4　28 3　29 3

問題 5（每題3分）

30 4　31 2　32 2　33 2

問題 6（每題3分）

34 4　35 3

聽解

問題 1（每題2.5分）

1 4　2 4　3 1　4 3　5 1　6 4　7 1　8 3

問題 2（每題2分）

9 2　10 4　11 3　12 4　13 1　14 4　15 3

問題 3（每題2分）

16 2　17 2　18 1　19 1　20 2

問題 4（每題2分）

21 2　22 3　23 1　24 1　25 3　26 3　27 3　28 1

考題解析

言語知識（文字・語彙）

問題1 ＿＿＿的語彙如何發音呢？請從1・2・3・4中，選出一個最正確的答案。

1 あねに　手紙を　書きました。

1 てがみ　　2 てかみ　　3 でがみ　　4 でかみ

→ 姉（あね）に　手紙（てがみ）を　書（か）きました。

中譯 寫了信給姊姊。

解析 本題重點在清濁音，「手紙（てがみ）」這個字，濁音是第二音節「が」，答案為1。

2 春に　はなが　さきます。

1 はる　　2 なつ　　3 あき　　4 ふゆ

→ 春（はる）に　花（はな）が　咲（さ）きます。

中譯 春天花會開。

解析 選項1是「春（はる）」（春天）；選項2是「夏（なつ）」（夏天）；選項3是「秋（あき）」（秋天）；選項4是「冬（ふゆ）」（冬天），故答案為1。

3 たなかさんの　でんわばんごうを　教えて　ください。

1 こたえて　　2 かえて　　3 ふえて　　4 おしえて

→ 田中（たなか）さんの　電話番号（でんわばんごう）を　教（おし）えて　ください。

中譯 請告訴我田中先生的電話號碼。

解析 本題考「て形」結尾為「～えて」的動詞，這類的動詞均為「第二類動詞」。四個選項的辭書形分別為「答（こた）える」（回答）、「変（か）える」（改變）、「増（ふ）える」（增加）、「教（おし）える」（教導、告知），故答案為4。

4 じかんが　ありませんから、急いで　ください。

1 すぐいで　　2 はやいで　　3 きゅういで　　4 いそいで

→ 時間（じかん）が　ありませんから、急（いそ）いで　ください。

中譯 沒時間了，所以請快一點。

解析 漢字「急」有二個常見的發音，一為「急（きゅう）」，是「突然」的意思；另一為「急（いそ）ぐ」，是「急忙、趕快」的意思，故本題答案為4。

5 ろうかを　走っては　いけません。

1 はしって　　2 わたって　　3 かえって　　4 あるって

→ 廊下(ろうか)を　走(はし)っては　いけません。

中譯 不可以在走廊上奔跑。

解析 選項1的辭書形為「走(はし)る」，「奔跑」的意思；選項2為「渡(わた)る」，「通過」的意思；選項3為「帰(かえ)る」，「回來」的意思，故答案為1。此外，選項4「あるって」為不存在的動詞，除非改成「歩(ある)いて」(辭書形為「歩(ある)く」)，才合理，意思為「走路」。

6 まいあさ　6時に　起きます。

1 あるきます　　2 いきます　　3 おきます　　4 できます

→ 毎朝(まいあさ)　6時(ろくじ)に　起(お)きます。

中譯 每天早上六點起床。

解析 本題考敬體為「～きます」結尾的動詞。此類動詞包含了「第一類動詞」和「第二類動詞」。選項1、2為第一類動詞，辭書形分別為「歩(ある)く」(走路)、「行(い)く」(去)。選項3、4為第二類動詞，辭書形分別為「起(お)きる」(起床)、「できる」(完成、能夠)，故答案為3。

7 特急に　のれば、5時には　つきます。

1 とくきゅ　　2 とっきゅ　　3 とくきゅう　　4 とっきゅう

→ 特急(とっきゅう)に　乗(の)れば、5時(ごじ)には　着(つ)きます。

中譯 搭特快車的話，五點會到。

解析 本題考促音、長音的有無。「特(とく)」的音讀為「とく」，但「特急(とっきゅう)」時，「特(とく)＋急(きゅう)」(とく＋きゅう)，二個「カ行」的音在一起(toku + kyuu)，所以前一個就消失(tokukyuu)成為促音(っ)，且「急(きゅう)」的發音有長音(きゅう)，故答案為4。

8 火曜日　えいがを　みに　いきましょう。

1 どようび　　2 かようび　　3 もくようび　　4 きんようび

→ 火曜日(かようび)　映画(えいが)を　見(み)に　行(い)きましょう。

中譯 星期二去看電影吧！

解析 本題答案為2，選項1「土曜日(どようび)」是「星期六」；選項2「火曜日(かようび)」是「星期二」；選項3「木曜日(もくようび)」是「星期四」；選項4「金曜日(きんようび)」是「星期五」。星期幾的考題幾乎在每年的文字語彙和聽力都會出現，請務必記住！

9 じてんしゃで　がっこうに　通って　います。

1 とおって　　2 かよって　　3 とまって　　4 かわって

→ 自転車（じてんしゃ）で　学校（がっこう）に　通（かよ）って　います。

中譯 騎腳踏車上下學。

解析 本題考動詞的讀音，選項1的辭書形為「通（とお）る」（通過）；選項2「通（かよ）う」為「定期往返」，常見的表達有「学校（がっこう）に通（かよ）う」（上下學）、「会社（かいしゃ）に通（かよ）う」（上下班）；選項3「止（と）まる」為「停」；選項4「変（か）わる」是「變化」的意思。選項1、2務必區分清楚，本題答案為2。

問題2　＿＿＿的語彙如何寫呢？請從1・2・3・4中，選出一個最正確的答案。

10 げつようびは　いつもより　つかれます。

1 日曜日　　2 月曜日　　3 火曜日　　4 水曜日

→ 月曜日（げつようび）は　いつもより　疲（つか）れます。

中譯 星期一比平常累。

解析 選項1讀音為「日曜日（にちようび）」（星期日）；選項2讀音為「月曜日（げつようび）」（星期一）；選項3讀音為「火曜日（かようび）」（星期二）；選項4讀音為「水曜日（すいようび）」（星期三），故答案為2。

11 日本人は　おしょうがつに　きものを　きます。

1 来物　　2 切物　　3 着物　　4 看物

→ 日本人（にほんじん）は　お正月（しょうがつ）に　着物（きもの）を　着（き）ます。

中譯 日本人新年時會穿和服。

解析 本題答案為3，除了選項3「着物（きもの）」（和服）外，其餘三個選項均是不存在的單字，尤其更不要糊里糊塗就選了4「看物」喔！

12 かいじょうの　いりぐちで　待ち合わせましょう。

1 合場　　2 会場　　3 合揚　　4 会揚

→ 会場（かいじょう）の　入（い）り口（ぐち）で　待（ま）ち合（あ）わせましょう。

中譯 在會場的入口碰面吧！

解析 本題考漢詞音讀，選項1、3、4均為不存在的詞，答案為2。

13 ははは　さきに　うちへ　<u>かえりました</u>。

　1 返りました　　2 戻りました　　**3 帰りました**　　4 掃りました

　→ 母は　先に　家へ　<u>帰りました</u>。

中譯 家母先回家了。

解析 選項2應為「戻ります」（返回），選項4為不存在的字，故2、4均非正確答案。「かえります」可寫做「返ります」或「帰ります」，但前者是「歸還」的意思，後者才是「回家」之意，故答案為3。

14 その　ことばは　きのう　<u>ならった</u>。

　1 書った　　2 読った　　**3 習った**　　4 学った

　→ その　言葉は　きのう　<u>習った</u>。

中譯 那個字昨天學過了。

解析 本題考動詞，「書く」的「た形」為「書<u>いた</u>」；「読む」的「た形」為「読<u>んだ</u>」；「習う」的「た形」為「習<u>った</u>」；「学ぶ」的「た形」為「学<u>んだ</u>」，所以選項1、2、4均為錯誤的動詞變化，答案為3。

15 としょかんから　ほんを　<u>かりた</u>。

　1 借りた　　2 貸りた　　3 買りた　　4 書りた

　→ 図書館から　本を　<u>借りた</u>。

中譯 從圖書館借了書。

解析 本題考動詞，「借りる」的「た形」為「借り<u>た</u>」；「貸す」的「た形」為「貸<u>した</u>」；「買う」的「た形」為「買<u>った</u>」；「書く」的「た形」為「書<u>いた</u>」，選項2、3、4均為錯誤的動詞變化，本題答案為1。

問題3 （　　　）中要放入什麼呢？請從1・2・3・4中，選出一個最正確的答案。

16 この　まちには、くすりやは　（　　　）しか　ありません。

1 いっけん　　2 いっこ　　3 いちだい　　4 いっかい

→ この町には、薬屋は　1軒しか　ありません。

中譯 這個鎮上只有一家藥局。

解析 本題考數量詞，選項1是「1軒」（一間），「軒」是房屋、商店的量詞；選項2「1個」（一個），「個」是小東西的量詞；選項3是「1台」（一台），「台」是車輛、機器的量詞；選項4「いっかい」可以是「1回」（一次），「回」為表示次數的量詞，也可以是「1階」（一樓），「階」為表示樓層的量詞，故答案為1。

17 この　みちは　よる　くらくて　（　　　）。

1 よわい　　2 こわい　　3 おもい　　4 つよい

→ この　道は　夜　暗くて　怖い。

中譯 這條路晚上很暗，很恐怖。

解析 本題考形容詞，選項1是「弱い」（弱的）；選項2是「怖い」（可怕的）；選項3是「重い」（重的）；選項4是「強い」（強的），故答案為2。

18 210円の　かいものを　して　1000円　出すと、（　　　）は　790円だ。

1 おつり　　2 おかね　　3 おさら　　4 おさつ

→ 210円の　買い物を　して　1000円　出すと、お釣りは　790円だ。

中譯 買了二百一十日圓的東西，拿出一千日圓的話，找的錢是七百九十日圓。

解析 選項1是「お釣り」（找零）；選項2是「お金」（錢）；選項3為「お皿」（盤子）；選項4為「お札」（鈔票），本題答案為1。

19 くにの　友だちが　くるので、えきへ　（　　　）　いきました。

1 おくりに　　2 あつめに　　3 ひろいに　　4 むかえに

→ 国の　友だちが　来るので、駅へ　迎えに　行きました。

中譯 因為老家的朋友要來，所以到車站去接他。

解析 本題用到了「ます形＋に行きます」這個表示「目的」的句型，選項1用到的動詞為「送る」（送行、寄送）；選項2為「集める」（蒐集）；選項3為「拾う」（撿）；選項4為「迎える」（迎接），故答案為4。

20 とうきょう大学の　にゅうがくしけんを　（　　）　つもりです。

1 する　　2 うける　　3 でる　　4 さんかする

→ 東京大学の　入学試験を　受ける　つもりです。

中譯 打算參加東京大學的入學考試。

解析 本題考「參加考試」的相關表達。如果要用「する」的話，應該用「受験する」比較妥當；「出る」常用於「比賽」，而且前面的助詞應為「に」，而非「を」，例如「試合に出る」（出賽）；「参加する」雖然可以用來表示參加考試，但助詞也應為「に」（試験に参加する）。而「受ける」（接受）為他動詞，「試験を受ける」可以表達「接受考試」的意思，故答案為2。

21 わたしは　（　　）　ビールが　大好きです。

1 あたたかい　　2 すずしい　　3 さむい　　4 つめたい

→ 私は　冷たい　ビールが　大好きです。

中譯 我最喜歡冰啤酒。

解析 選項1為「温かい」（溫熱的）、「暖かい」（暖和的）；選項2「涼しい」是「涼爽的」；選項3是「寒い」（寒冷的），通常用來形容「氣溫」；選項4「冷たい」（冰冷的）才能用來形容物品的冰涼，故答案為4。

22 （　　）　たなかさんと　いう　人が　きましたよ。

1 ちっとも　　2 もうすぐ　　3 ほとんど　　4 さっき

→ さっき　田中さんと　いう　人が　来ましたよ。

中譯 剛剛一個叫做田中先生的人來了喔！

解析 本題考副詞，選項1「ちっとも」是「一點也（不）～」的意思；選項2「もうすぐ」是「立刻、馬上」；選項3「ほとんど」是「幾乎」；選項4「さっき」是「剛剛」，故答案為4。

23 テレビの　（　　）が　おかしいから、しゅうりに　だして　ください。

1 つごう　　2 きぶん　　3 ぐあい　　4 きもち

→ テレビの　具合が　おかしいから、修理に　出して　ください。

中譯 因為電視的狀況怪怪的，所以請拿去修。

解析 選項1「都合」雖然常翻譯為「情況、狀況」，不過若是「都合がいい / 悪い」則有「方便 / 不方便」的意思；選項2「気分」則是「心情」，「気分がいい / 悪い」多指「愉快 / 不愉快」之意；選項3「具合」來表示身體、物品的狀況，「具合が悪い」

就有東西「怪怪的」、或人「身體不舒服」的意思；而選項4「気持ち」指的是「感覺」，所以「気持ちがいい」有「舒服」的意思，相反的「気持ちが悪い」常被用來表示「噁心、想吐」的厭惡之感，故本題答案為3。

24 しごとを　やめる　とき、りょうしんに　（　　　）しました。

1 うんてん　　2 けっこん　　3 そうだん　　4 いけん

→ 仕事を　やめる　とき、両親に　相談しました。

中譯 要辭職時，和父母商量了。

解析 選項1是「運転」（開車）；選項2是「結婚」（結婚）；選項3是「相談」（商量）；選項4是「意見」（意見），故答案為3。

25 （　　　）を　つけて、あかるく　しました。

1 でんき　　2 クーラー　　3 れいぞうこ　　4 ストーブ

→ 電気を　つけて、明るく　しました。

中譯 打開電燈，弄亮一點。

解析 選項1「電気」是「電燈」；選項2「クーラー」是「冷氣機」；選項3「冷蔵庫」是「冰箱」；選項4「ストーブ」是「暖爐」，從「明るくする」（使明亮）來判斷，答案為1。

問題4　有和＿＿＿的句子相似意思的句子。請從1・2・3・4中，選出一個最正確的答案。

26 <u>ちちは　ずっと　おなじ　かいしゃで　はたらいて　います。</u>

1 ちちは　しごとを　かえた　ことが　ありません。

2 ちちは　いちど　かいしゃを　かえた　ことが　あります。

3 ちちは　いえに　ちかい　かいしゃで　はたらきたがって　います。

4 ちちは　ほかの　かいしゃに　はいった　ことが　あります。

→ 父は　ずっと　同じ　会社で　働いて　います。

中譯 爸爸一直在同一家公司上班。

解析 選項1「父は仕事を変えたことがありません」的意思是「爸爸沒有換過工作」；選項2「父は１度会社を変えたことがあります」是「爸爸換過一次公司」；選項3「父は家に近い会社で働きたがっています」是「爸爸想在離家近的公司工作」；選項4「父はほかの会社に入ったことがあります」是「爸爸進過其他公司」，故答案為1。

27 きんじょに　こうえんが　あります。

1 うちの　ちかくに　こうえんが　あります。

2 こうがいに　こうえんが　あります。

3 まちに　こうえんが　あります。

4 いなかに　こうえんが　あります。

→ 近所（きんじょ）に　公園（こうえん）が　あります。

中譯 在附近有公園。

解析 選項1「家（うち）の近（ちか）くに公園（こうえん）があります」是「在我家附近有公園」；選項2「郊外（こうがい）に公園（こうえん）があります」是「在郊區有公園」；選項3「町（まち）に公園（こうえん）があります」是「在鎮上有公園」；選項4「田舎（いなか）に公園（こうえん）があります」是「在鄉下有公園」的意思，故答案為1。

28 この　きょうしつには　せんせいと　がくせい　いがいは　入らないでください。

1 この　きょうしつには　せんせいと　がくせいは　入っても　いいです。

2 この　きょうしつには　せんせいと　がくせいは　入っては　いけません。

3 この　きょうしつには　だれでも　入って　いいです。

4 この　きょうしつには　だれも　入っては　いけません。

→ この　教室（きょうしつ）には　先生（せんせい）と　学生（がくせい）　以外（いがい）は　入（はい）らないで　ください。

中譯 除了老師和學生以外，請不要進這間教室。

解析 選項1「この教室（きょうしつ）には先生（せんせい）と学生（がくせい）は入（はい）ってもいいです」是「老師和學生可以進這間教室」；選項2「この教室（きょうしつ）には先生（せんせい）と学生（がくせい）は入（はい）ってはいけません」是「老師和學生不可以進這間教室」；選項3「この教室（きょうしつ）には誰（だれ）でも入（はい）っていいです」是「誰都可以進這間教室」；選項4「この教室（きょうしつ）には誰（だれ）も入（はい）ってはいけません」是「誰都不能進這間教室」，故答案為1。

29 てがみは　ひきだしに　入って　います。

1 てがみは　ポケットに　入って　います。

2 てがみは　かばんの　中に　入って　います。

3 てがみは　はこの　中に　入って　います。

4 てがみは　つくえの　中に　入って　います。

→ 手紙（てがみ）は　引（ひ）き出（だ）しに　入（はい）って　います。

中譯 信在抽屜裡。

解析 選項1「手紙（てがみ）はポケットに入（はい）っています」是「信在口袋裡」；選項2「手紙（てがみ）はかばん

の中に入っています」是「信在包包裡」；選項3「手紙は箱の中に入っています」是「信在箱子裡」；選項4「手紙は机の中に入っています」是「信在桌子裡」，故答案為4。

30 わたしは　りんごを　かって　きました。

1 わたしは　にくやへ　行きました。

2 わたしは　とこやへ　行きました。

3 わたしは　ほんやへ　行きました。

4 わたしは　やおやへ　行きました。

→ 私は　りんごを　買って　きました。

中譯 我買了蘋果來。

解析 選項1中的「肉屋」是「肉舖」；選項2的「床屋」是「理髮店」；選項3的「本屋」是「書店」；選項4的「八百屋」是「蔬果店」，故答案為4「私は八百屋へ行きました」（我去了蔬果店）。

問題5　請從1・2・3・4中，選出一個以下語彙用法裡最適當的用法。

31 それとも

1 にちようびに　うちで　テレビを　みます。それとも　えいがを　みに　いきます。

2 きょう　それとも　あした　そちらへ　いきます。

3 コーヒーに　しますか。それとも　こうちゃに　しますか。

4 のみものは　ビール　それとも　ジュースに　しましょう。

→ コーヒーに　しますか。それとも　紅茶に　しますか。

中譯 要咖啡？還是要紅茶呢？

解析「それとも」雖然可以簡單解釋為「還是」，但要注意的是，其為接續詞，用來連接二個問句，選項中，只有3的「それとも」是在二個問句間，可依此判斷，答案為3。

32 そろそろ

1 あめが　そろそろ　ふりだしました。

2 おきてから、そろそろ　はを　みがきます。

3 あさ　コーヒーを　のみながら、そろそろ　しんぶんを　よみます。

4 もう　9じですね。そろそろ　かえりましょう。

→ もう　9時（くじ）ですね。<u>そろそろ</u>　帰（かえ）りましょう。

中譯 已經九點了耶！差不多該回家了吧！

解析 「そろそろ」除了解釋為「差不多」外，也可以解釋為「就要～」。因此不常用於過去式的句子，故答案為4。

33 だんだん

1 <u>だんだん</u>　あつく　なって　きました。

2 にちようびには　<u>だんだん</u>　ねて　います。

3 じゅぎょうは　<u>だんだん</u>　おわりました。

4 えいがを　みて　<u>だんだん</u>　わらいました。

→ <u>だんだん</u>　暑（あつ）く　なって　きました。

中譯 漸漸變熱了起來。

解析 「だんだん」是「漸漸地」的意思，所以後面常加上帶有「持續變化」的動作（例如「～てくる」），故答案為1。

34 じゅうしょ

1 クラスメートに　せんせいの　Eメールの　<u>じゅうしょ</u>を　おしえました。

2 ここに　<u>じゅうしょ</u>と　でんわばんごうを　かいて　ください。

3 こうえんの　となりの　<u>じゅうしょ</u>は　しょうがっこうです。

4 かいぎしつの　<u>じゅうしょ</u>は　6かいです。

→ ここに　<u>住所</u>（じゅうしょ）と　電話番号（でんわばんごう）を　書（か）いて　ください。

中譯 請將住址和電話號碼寫在這裡。

解析 「住所（じゅうしょ）」是「住址」的意思，所以答案為2。如果要表達電子郵件的帳號，應該用「アドレス」，故選項1非正確用法。

35 げんき

1 あの　こうえんは　いつも　<u>げんき</u>です。

2 そぼは　めが　<u>げんき</u>です。

3 あの　じてんしゃは　<u>げんき</u>に　はしって　います。

4 ゆっくり　やすんだら　<u>げんき</u>に　なりました。

→ ゆっくり　休（やす）んだら　<u>元気</u>（げんき）に　なりました。

中譯 好好休息之後，恢復了精神。

解析 「元気（げんき）」（有精神）只能用來形容「人」，故答案為4。

言語知識（文法）・讀解

問題1　（　　　）中要放入什麼呢？請從1・2・3・4中，選出一個最正確的答案。

1 その　カメラの　（　　　）に　おどろいた。

1 かるい　2 かるく　3 かるくて　4 かるさ

→その　カメラの　軽（かる）さに　驚（おどろ）いた。

中譯 驚訝於那台相機的輕。

解析「～に驚（おどろ）く」表示「驚訝於～」，「に」為助詞，前面應該接「名詞」，所以要將「軽（かる）い」的「い」去掉，加上「さ」，即成為名詞「軽（かる）さ」，故答案為4。這一類的「イ形容詞」的「名詞形」變化均為「去い加さ」，例如「大（おお）きい」（大的）就變成「大（おお）きさ」（大小、尺寸）、「長（なが）い」（長的）變成「長（なが）さ」（長度）。

2 佐藤さん（　　　）　いう　人を　知って　いますか。

1 を　2 か　3 と　4 が

→佐藤（さとう）さんと　いう　人（ひと）を　知（し）って　いますか。

中譯 你認識叫做佐藤先生的人嗎？

解析「～という」有「叫做、稱為」的意思，因此答案為3。

3 先生は　何時に　（　　　）か。

1 帰りに　なりました　2 帰りに　なられました

3 帰りしました　4 帰られました

→先生（せんせい）は　何時（なんじ）に　帰（かえ）られましたか。

中譯 老師幾點回去的呢？

解析 本題考「敬語」，主詞為「先生（せんせい）」（老師），所以應用「尊敬語」。「帰（かえ）ります」的尊敬語有二種變化，一是用「被動」的型態表示，所以成為「帰（かえ）られます」；另一為「お＋ます形＋になります」，所以成為「お帰（かえ）りになります」，故答案為4。

4 わたしが　子どもの　ふくを　洗って　（　　　）。

1 くださった　2 くれた　3 さしあげた　4 やった

→私（わたし）が　子（こ）どもの　服（ふく）を　洗（あら）って　やった。

中譯 我幫小孩洗衣服。

解析 本題考「授受動詞」。選項1「くださる」是選項2「くれる」的尊敬語，而選項3「さしあげる」是「あげる」的謙讓語。

從「が」來判斷，句子的主詞是「私（わたし）」，所以選項1、2均不需考慮（「くれる / くださる」主詞不會是自己，「私（わたし）」後面應該為「に」，而非「が」）。雖然選項3「さしあげる」主詞通常為第一人稱（私（わたし）），但句子裡洗的是小孩的衣服，用謙讓語亦不合適。也因為是幫小孩做事，所以「やる」是最適當的表達，故答案為4。

即使選項裡出現「あげる」，「やる」仍會是最適當的答案，因為「あげる」雖不屬於敬語，但仍是帶有敬意的用法，而「やる」因為不帶敬意，所以上對下時，常常使用。

5 きょうは　午後から　あめが　（　　　）はじめました。

1 ふる　　2 ふり　　3 ふって　　4 ふろう

→ きょうは　午後（ごご）から　雨（あめ）が　降（ふ）り始（はじ）めました。

中譯 今天從下午開始下雨了。

解析 「～始（はじ）める」表示「開始～」，是常見的「複合動詞」表達之一。「複合動詞」中，二個動詞的連接方式為：前一個動詞的ます形加上後一個動詞，故答案為2。選項1為「辭書形」，選項2為「ます形」，選項3為「て形」，選項4為「意向形」。

6 あの　人は　日本語が　（　　　）　らしいです。

1 できる　　2 でき　　3 できよう　　4 できて

→ あの　人（ひと）は　日本語（にほんご）が　できる　らしいです。

中譯 那個人好像會日文。

解析 「～らしい」表示「客觀的推測」，中文常翻譯為「好像～」，前面若是動詞時，要用「常體」連接。選項1「できる」為「辭書形」，同時也是現在式肯定的常體；選項2「でき」為「ます形」；選項3「できよう」為「意向形」；選項4「できて」為「て形」，故答案為1。

7 A「ここで　少し　休みますか」

B「はい。子どもたちも　（　　　）」

1 休みたいです　　2 休みたかったです

3 休みたがります　　4 休みたがって　います

→ A「ここで　少（すこ）し　休（やす）みますか」

B「はい。子（こ）どもたちも　休（やす）みたがって　います」

中譯 A「要在這裡稍微休息一下嗎？」

B「好。小孩子們也想休息了。」

解析 「～たい」表示第一人稱的「願望」，因此選項1、2均不正確（選項2的「～たかった」為「～たい」的過去式）。若要表示第三人稱的願望，必須把「～たい」改為「～たがる」。選項3、4雖然都是「～たがる」的變化，但此時應該用「～たがっています」表示「現在的狀態」，故答案為4。

8 きのう　先生が　入院した　（　　　）を　聞きました。

1 もの　　2 こと　　3 ため　　4 はず

→ きのう　先生（せんせい）が　入院（にゅういん）した　ことを　聞（き）きました。

中譯 聽說昨天老師住院了。

解析 選項3「ため」用來表示目的或原因；選項4「はず」則用來表示「推測」，故二者可先排除。本題「聽到」的是「老師住院」這件「事情」，所以應該使用表示「事情」的形式名詞「こと」，故答案為2。

9 大学に　（　　　）　ぶんがくを　べんきょうしよう。

1 入ると　　2 入れば　　3 入ったら　　4 入るなら

→ 大学（だいがく）に　入（はい）ったら　文学（ぶんがく）を　勉強（べんきょう）しよう。

中譯 上了大學的話，想讀文學。

解析 本題考「假定」句型的相關用法，句尾有意向形「～しよう」，因此選項1、2要先排除（句尾有請託「～てください」、願望「～たい」、邀約「～ませんか」、提議「～ましょう」等表示個人意志的句型時，不能使用「～と」、「～ば」二句型）。此外，「～なら」表示的是「前提」，所以如果是「大学（だいがく）に入（はい）るなら～」，意思會變成「如果要上大學的話～」，前後二個動作的順序就會相反了，故答案為3。

10 わたしは　おとうと（　　　）　カメラを　こわされました。

1 を　　2 が　　3 に　　4 と

→ 私（わたし）は　弟（おとうと）に　カメラを　壊（こわ）されました。

中譯 我被弟弟弄壞了相機。

解析 本題考「被動句型」的「助詞」用法，被動句型出現「被誰～」時，這個「人」應屬於動作的「對象」，所以要使用「に」，故答案為3。

11 3じかんも　（　　　）つづけて　いるので、足が　いたく　なりました。

1 あるく　　　　**2 あるき**　　　　3 あるいて　　　　4 あるけ

→ 3 時間も　歩き続けて　いるので、足が　痛く　なりました。

中譯 持續走了有三個小時，所以腳痛了。

解析「～続ける」表示動作的「持續」，為「複合動詞」的表達之一。既然是「複合動詞」，前面的動詞就應該以「ます形」來連接，選項1「歩く」為「辭書形」；選項2「歩き」為「ます形」；選項3「歩いて」為「て形」；選項4「歩け」為「命令形」，故答案為2。

12 にく（　　　）　食べないで、やさいも　食べて　ください。

1 しか　　　　2 だけ　　　　**3 ばかり**　　　　4 も

→ 肉ばかり　食べないで、野菜も　食べて　ください。

中譯 請不要光吃肉，也吃些蔬菜。

解析 本題考「しか～ない」、「だけ」、「ばかり」三個表示「只～」的用法。選項1「しか」後面一定要加上否定，而構成「しか～ない」這個用法。雖然有否定的語尾，但意思卻沒有否定的意思，所以如果選1，意思就成為「請只吃肉、也吃菜」這樣不合理的句子。選項2「だけ」單純描述「只有」，基本上並不算錯誤，但是由於後面有「野菜も食べてください」（也請吃些蔬菜），表示對方偏食，只吃肉不吃菜，所以最好的答案是選項3的「ばかり」。「ばかり」除了「只～」以外，常翻譯為「光～、淨～」，因為它還帶有了「只做某件事，完全不做其他事」的意思，故最適當的答案應為3。

13 びょうきなら、うちで　ゆっくり　（　　　）　ほうが　いいですよ。

1 やすむ　　　　**2 やすんだ**　　　　3 やすんで　　　　4 やすまない

→ 病気なら、家で　ゆっくり　休んだ　ほうが　いいですよ。

中譯 生病的話，在家裡好好休息比較好喔！

解析 本題考「建議」的句型，「た形＋ほうがいい」（要～比較好）、「ない形＋ほうがいい」（不要～比較好），這二個句型都是表示「建議」。由此可知，「建議」的句型前面的動詞為「た形」或「ない形」，選項1「休む」為「辭書形」、選項3「休んで」為「て形」，都可先排除。選項2「休んだ」為「た形」，選項4「休まない」為「ない形」，但由於句子的意思為「生病的話，在家裡 ____ 比較好喔！」依句意，答案應為2才合理。

14 花子さんの　お父さんは　（　　　）　そうですよ。

1 先生　　2 先生の　　3 先生で　　4 先生だ

→ 花子（はなこ）さんの　お父（とう）さんは　先生（せんせい）だ　そうですよ。

中譯 聽說花子小姐的爸爸是老師喔！

解析 「～そう」有「傳聞」和「樣態」二種可能，但選項中的「先生（せんせい）」為名詞，名詞並不會加上「そう」來表示「樣態」，所以本題用的是「傳聞」這個句型。「傳聞」要用「常體」加上「そう」，名詞則要加上「だ」再加上「そう」，故答案為4。

15 あした　田中さんが　来る（　　　）　どうか　わかりません。

1 で　　2 か　　3 が　　4 へ

→ あした　田中（たなか）さんが　来（く）るか　どうか　わかりません。

中譯 不知道明天田中先生會不會來。

解析 「～かどうか」表示「要不要～」、「會不會～」、「是不是～」這樣的用法，故答案為2。

問題2　放入＿★＿中的語彙是什麼呢？請從1・2・3・4中選出一個最適當的答案。

16 本は　図書館で　＿＿　＿★＿　＿＿　＿＿　います。

1 して　　2 借りる　　3 こと　　4 に

→ 本（ほん）は　図書館（としょかん）で　借（か）りる　こと　に　して　います。

中譯 我都在圖書館借書。

解析 本題測驗「～ことにしている」這個句型，「～ことにする」表示的是「決定～」，而「～ことにしている」則是表示決定後的結果狀態，常用來表示「都（盡可能）這樣做～」，故答案為3。

17 テレビでは　＿＿　＿＿　＿★＿　＿＿　ですか。

1 好き　　2 一番　　3 ばんぐみが　　4 どんな

→ テレビでは　どんな　番組（ばんぐみ）が　一番（いちばん）　好（す）き　ですか。

中譯 電視裡，最喜歡怎樣的節目呢？

解析 本題重點在於測驗句子基本結構的了解程度，從四個選項之間的相關性可以知道，選項1「好（す）き」是「ナ形容詞」，選項2「一番（いちばん）」是「副詞」，副詞應置於形容詞前，所以構成「一番好き（いちばんすき）」（最喜歡）。而選項4「どんな」（怎樣的）後面應加上名詞，所以可以加上選項3「番組(ばんぐみ)が」成為「どんな番組(ばんぐみ)が」。而「好(す)き」前面需要「が」才能構成「～が好(す)きです」這個句型，所以變成「～どんな番組(ばんぐみ)が一番(いちばん)好(す)き～」，故答案為2。

18 今年の 試験は 去年の ＿＿ ＿★＿ ＿＿ ＿＿ です。

1 そう　2 むずかしい　3 試験　4 より

→ 今年(ことし)の 試験(しけん)は 去年(きょねん)の 試験(しけん) より 難(むずか)しい そう です。

中譯 今年的考試，聽說會比去年的考試難。

解析 本題使用了「より」的「比較」句型。「より」表示「比～」的意思，判斷的重點在於「より」是「助詞」，既然是個助詞，位置就應在名詞之後，所以如果要表示「比去年～」，就應說成「去年(きょねん)より～」，故答案為4。

19 タバコは ＿★＿ ＿＿ ＿＿ ＿＿ ですよ。

1 が　2 ほう　3 やめた　4 いい

→ タバコは やめた ほう が いい ですよ。

中譯 香菸要戒掉比較好喔！

解析 本題考「建議」的句型。「建議」句型的基本結構為「た形＋ほうがいい」，因此答案為3。

20 ＿＿ ＿＿ ＿＿ ＿★＿ 動かない。

1 が　2 まま　3 車　4 とまった

→ 車(くるま) が 止(と)まった まま 動(うご)かない。

中譯 車子就這樣停著，不會動。

解析 本題主要測驗「～まま」這個句型。「～まま」這個句型表示「維持原狀」，前面若是動詞時，只有可能出現「た形」或「ない形」（表示維持「做了」或「沒做」之狀態），故答案為2。

問題3　[21]～[25]中放入什麼呢？請從1・2・3・4中，選出一個最適當的答案。

私は　会社員です。うちは　神奈川県に　あります。会社は　新宿に　あります。うちから　新宿 [21] まで　電車で　1時間半です。朝、時間が　ありませんから、朝ごはんは　食べません。会社の　隣の　喫茶店 [22] で　コーヒーを　飲みます。私は　コーヒーが　好きです。昼ごはんは　会社の　近くの　食堂で　食べます。私は　野菜が　あまり　好きでは　ありませんから、いつも、カレーライスや　ラーメンなどを　食べます。

中譯 我是個上班族。家在神奈川縣。公司在新宿。從我家到新宿，搭電車要一個半小時。因為早上沒時間，所以我不吃早餐。會在公司隔壁的咖啡廳喝杯咖啡。我喜歡咖啡。午飯在公司附近的餐廳吃。因為我不太喜歡蔬菜，所以我總是吃咖哩飯、拉麵等。

会社は　朝9時から　夕方5時までです。でも、毎日　午後８時ごろまで　残業します。[23] それから、よく　居酒屋で　お酒を　飲みます。１2時 [24] ごろ　うちへ　帰ります。そして　1時に　寝ます。

中譯 公司從早上九點到傍晚五點。不過，我每天都加班到下午八點左右。然後，常常在居酒屋喝酒。十二點左右回家。然後一點睡覺。

日曜日は　休みです。私は　日曜日に　うちで　テレビを　見ます。スポーツ [25] が　好きですから、よく　スポーツの　ばんぐみを　見ます。ときどき、日曜日も　会社で　仕事を　します。

中譯 星期日休息。我星期日都會在家裡看電視。因為喜歡運動，所以常常看體育節目。有時候，星期日也要在公司工作。

[21]

1 に　　2 で　　**3 まで**　　4 へ

解析 「～から」表示起點，「～まで」表示終點，故答案為3。

[22]

1 に　　**2 で**　　3 まで　　4 へ

解析 「喫茶店」和「コーヒーを飲みます」的關係，應該是「地點」和「動作」的關係，所以要加上表示動作發生的場所「で」，故答案為2。

23

1 それから　　2 それで　　3 そこで　　4 しかし

解析 本題考接續詞，選項1「それから」表示「然後～」；選項2「それで」是「所以」；選項3「そこで」是「於是」；選項4「しかし」是「但是」，故答案為1。

24

1 ため　　2 ばかり　　3 ぐらい　　4 ごろ

解析 本題主要考「～ぐらい」和「～ごろ」的區別。「ぐらい」前面要加數量詞，例如「1時間ぐらい」（一個小時左右），「ごろ」前要加上時間，例如「1時ごろ」（一點左右），故答案為4。

25

1 を　　2 が　　3 で　　4 に

解析「好き」為「ナ形容詞」，前面的助詞通常為「が」，故答案為2。

問題4　請閱讀以下的文章，回答問題。請從1・2・3・4中，選出一個最正確的答案。

4月10日（土）

おととい、日月潭へ着いた。日月潭というのは、台湾で一番大きな湖のことで、有名な観光地として知られている。朝と夕方、おおぜいの人が湖の周りを散歩する。きのう、湖のそばにあるホテルに泊まって、今朝私もその周りを散歩した。涼しくて、気持ちがよかった。

中譯 四月十日（星期六）

前天，來到了日月潭。日月潭是台灣最大的湖泊，以知名觀光區聞名。早上和傍晚，會有許多人在湖邊散步。昨天住在湖畔的某家飯店，今天早上我也在湖的周圍散步。很涼爽、很舒服。

26 筆者はいつ日月潭へ着きましたか。

（作者何時來到了日月潭呢？）

1 4月7日です。

（四月七日。）

2 4月8日です。

（四月八日。）

3 4月9日です。

（四月九日。）

4 4月10日です。

（四月十日。）

4月11日（日）

昼は、観光に行った。古い寺を見て、それから、買い物に行った。大きい店はないが、小さい店がたくさんあって、買い物をするのがとても楽しい。私は、ある小さい店で黒い卵を買った。黒い卵を食べたことはなかったから、ちょっと変だと思ったが、食べてみた。そしたら、とてもおいしかった。

楽しい1日だった。

中譯 四月十一日（星期日）

中午去觀光了。參觀了古老的佛寺，然後，去買了東西。雖然沒有大型的商店，但是有很多小店，買起來很開心。我在一家小小的店買了黑色的蛋。因為從沒吃過黑色的蛋，所以雖然覺得有點奇怪，但還是吃吃看。但是吃了之後，發現很好吃。

是很開心的一天。

27 筆者はその黒い卵を食べましたか。

（作者吃了那黑色的蛋嗎？）

1 いいえ、買いましたが、食べませんでした。

（不，雖然買了，但是沒吃。）

2 いいえ、ちょっと変だと思いましたから、食べませんでした。

（不，因為覺得怪怪的，所以沒吃。）

3 はい、食べましたが、ちょっと変だと思っています。

（是的，雖然吃了，但是覺得怪怪的。）

4 はい、食べました。おいしいと思いました。

（是的，吃了。覺得很好吃。）

9月7日（金）

きのう、出張で日本へ来た。田中さんが空港まで迎えに来てくれて、いっしょに食事して、お酒を飲んだ。たくさん飲んだので、今朝は遅く起きた。１１時半だった。気持ちが悪くて、何も食べたくなかった。テレビをつけたが、テレビの日本語はとても速いから、ぜんぜんわからなかった。気持ちが悪かったから、また寝た。

中譯 九月七日（星期五）

昨天，因為出差而來了日本。田中先生來機場接我，一起吃飯、喝酒。因為喝了很多，所以今天早上很晚起床。起來時十一點半了。因為很不舒服，所以什麼都不想吃。開了電視，但是因為電視上的日文非常快，所以完全聽不懂。因為很不舒服，所以又睡了。

28 この人はどうして何も食べませんでしたか。

（這個人為什麼什麼都不吃呢？）

1 遅く起きたから。

（因為很晚起。）

2 ゆうべたくさん食べたから。

（因為昨晚吃很多。）

3 お酒をたくさん飲んだから。

（因為喝了很多酒。）

4 テレビがおもしろかったから。

（因為電視很有趣。）

日本人は昔は着物を着ていましたが、明治時代（1868～1912）のはじめごろから洋服を着るようになりました。そして、第二次世界大戦（1939～1945）が終わってからは、ほとんど洋服になりました。今では、着物は正月や結婚式のときなど、ときどき着るだけです。

中譯 日本人過去都穿和服，但是從明治時代（1868-1912）初期開始變得會穿西服。接著，第二次世界大戰（1939-1945）結束之後，變得幾乎都是西服。現在，和服只有新年或婚禮時等等偶爾才穿。

29 本文の説明について正しいのはどれですか。

（關於本文的說明，正確的是哪個呢？）

1 今では、日本人は着物を着ません。

（現在日本人不穿和服。）

2 20世紀ごろから洋服を着るようになりました。

（從二十世紀初期開始穿西服。）

3 第二次世界大戦の後は、みんな洋服を着ます。

（第二次世界大戰後，大家都穿西服。）

4 お正月には着物を着なければなりません。

（新年時一定要穿和服。）

問題5　請閱讀以下的文章，回答問題。請從1・2・3・4中，選出一個最正確的答案。

A 地震

日本は地震の多い国である。1年間に千回ぐらいある。この回数を聞くと、外国人はたいていびっくりする。しかし、日本人は小さい地震なら、あまり心配しない。日本では地震の研究が進んでいるので、丈夫な建物が多い。だから、地震があっても、建物が倒れることはあまりないのである。お寺や大仏など、昔の古い物も倒れずに、たくさん残っている。

中譯 A 地震

日本是地震很多的國家。一年有一千次左右。一聽到這個次數，外國人通常會嚇一跳。但是，如果是小地震的話，日本人不太會擔心。在日本，因為地震的研究很進步，所以堅固的建築物很多。所以就算發生地震，建築物也不常倒塌。佛寺、大佛等等過去古老的建築物也都沒倒，留下很多。

もし、地震が起きたら、どうしたらいいのか。火を使っていれば、すぐその火を消さなければならない。家が倒れるより火事になる方が危険なのである。それから、戸や窓を開けて、すぐ外へ出ない方が安全である。もし、上から何か落ちてきたら、危ないから、机やベッドなどの下に入る。1分ぐらいたてば、地震が続いていても、大丈夫だから、火やガスなどが安全かどうか、調べる。大きい地震があった時は、ラジオやテレビで放送するから、よく聞いて、正しいニュースを知ることが大切である。

中譯 如果發生地震的話，該怎麼辦才好呢？如果正在用火，一定要立刻關火。因為比起房屋倒塌，釀成火災還更危險。然後，打開門窗，不要立刻出去比較安全。因為如果從上方掉些什麼的話，會很危險，所以要進到桌子或床等等的底下。如果經過一分鐘左右，就算地震還在持續也沒關係了，所以要檢查用火及瓦斯是否安全。發生大地震的時候，收音機或電視上會廣播，所以要仔細聆聽，了解正確的訊息非常重要。

外にいる時、地震が起きたら、建物のそばを歩かないほうがいい。特に高いビルのそばは危険である。窓のガラスが割れて、落ちてくることが多いからである。

中譯 在外面的時候，如果發生地震，不要走在建築物旁比較好。尤其高樓的旁邊很危險。因為常常會有窗戶的玻璃破掉、掉下來。

（東京外国語大学付属日本語学校『初級日本語』による）

（取材自東京外國語大學附屬日本語學校《初級日本語》）

30 地震が起きた時、火を使っていたら、どうしなければなりませんか。

（發生地震的時候，如果正在用火，一定要怎麼做？）

1 すぐ外へ出なければなりません。

（一定要立刻到外面去。）

2 すぐ戸や窓を開けなければなりません。

（一定要立刻開門、開窗。）

3 すぐ机やベッドの下に入らなければなりません。

（一定要立刻進到桌子、床底下。）

4 すぐ火を消さなければなりません。

（一定要立刻關火。）

31 地震が起きたら、すぐ外へ出たほうがいいですか。どうしてですか。

（發生地震的話，立刻到外面去比較好嗎？為什麼呢？）

1 はい、すぐ外へ出たほうがいいです。部屋の上から何か落ちてきますから。

（是的，立刻到外面去比較好。因為房間會有東西從上面掉下來。）

2 いいえ、すぐ外へ出ないほうがいいです。窓のガラスが割れて、落ちてきますから。

（不，不要立刻到外面去比較好。因為窗戶的玻璃會破掉、掉下來。）

3 はい、すぐ外へ出たほうがいいです。ドアが開かなくなりますから。

（是的，立刻到外面去比較好。因為門會打不開。）

4 いいえ、すぐ外へ出ないほうがいいです。建物が倒れますから。

（不，不要立刻到外面去比較好。因為建築物會倒塌。）

32 外にいる時、地震が起きたら、どんなことに気をつけなければなりませんか。

（在外面的時候，如果發生地震，一定要小心什麼呢？）

1 火やガスが安全かどうか、調べることです。

（要檢查用火及瓦斯是否安全。）

2 ビルのそばを歩かないようにすることです。

（要注意不要走在大樓旁。）

3 ラジオをよく聞いて、正しいニュースを知ることです。

（要仔細聽收音機，了解正確的訊息。）

4 火事にならないようにすることです。

（要小心不要引起火災。）

33 日本では、どうして地震で建物が倒れることがあまりありませんか。

（在日本，為什麼建築物不太會因地震而倒塌呢？）

1 小さい地震ばかりですから。

（因為全都是小地震。）

2 地震の研究が進んでいますから。

（因為地震的研究很進步。）

3 1年間に1000回だけありますから。

（因為一年只有一千次左右。）

4 地震の予知ができますから。

（因為能預知地震。）

問題6　請看問題5的A「地震」和以下的B來回答問題，解答請從1・2・3・4中，選出一個最適當的答案。

B　日本は地震の多い国です。地震の前と地震が来た時にどうしたらよいかを読みなさい。

地震の前	① 水、食料、ラジオ、薬などを用意しておく。
	② 高いところのものが落ちてこないか調べておく。
	③ たんすや本棚を壁につけておく。
	④ 家族や友だちと、会うところや連絡方法を決めておく。

地震が来たら	① 火を消す。
	② 机など丈夫なものの下に入る。
	③ すぐ外に出ない。
	④ 窓やドアが開かなくなるので、開けておく。
	⑤ エレベーターは使わない。
	⑥ ラジオやテレビで正しい情報を知る。

中譯

B　日本是地震很多的國家。請閱讀地震之前和地震發生時要做什麼才好。

地震前	① 先準備水、食物、收音機、藥品等。
	② 先檢查是否有高處的東西會掉下來。
	③ 先將櫃子、書架固定在牆壁上。
	④ 跟家人及朋友決定好見面的地點、聯絡的方式。

地震來了的話	① 關火。
	② 進到桌子等等堅固的東西底下。
	③ 不要立刻到外面去。
	④ 因為門窗會打不開，所以要先開好。
	⑤ 不要使用電梯。
	⑥ 用收音機或電視了解正確的訊息。

34 A「地震(じしん)」で「もし上(うえ)から何(なに)か落(お)ちてきたら、危(あぶ)ないから」とありますが、B「地震(じしん)の前(まえ)」の①・②・③・④のどれが、それと関係(かんけい)がありますか。2(ふた)つえらんでください。

（在A「地震」中，提到了「因為如果從上面掉些什麼下來的話，很危險」，B「地震前」的①・②・③・④的哪一個和它有關？請選出二個。）

1 ①と②です。

（①和②。）

2 ③と④です。

（③和④。）

3 ①と④です。

（①和④。）

4 ②と③です。

（②和③。）

35 Bの「地震(じしん)が来(き)たら」の中(なか)で、A「地震(じしん)」の文章(ぶんしょう)の中(なか)にないものはどれですか。

（在B「地震來了的話」中，哪一項是A「地震」的文章裡沒有的呢？）

1 すぐ外(そと)に出(で)ない。

（不要立刻到外面去。）

2 窓(まど)やドアが開(あ)かなくなるので、開(あ)けておく。

（因為門窗會打不開，所以要先開好。）

3 エレベーターは使(つか)わない。

（不要使用電梯。）

4 ラジオやテレビで正(ただ)しい情報(じょうほう)を知(し)る。

（用收音機或電視了解正確的訊息。）

聽解

問題1

問題 1　請先聽問題，然後聽對話，從選項 1 到 4 中，選出一個最正確的答案。

1 MP3-29

おとこ ひと おんな ひと みち はな

男の人と女の人が道で話しています。教会はどこにありますか。

（男子和女子正在馬路上說話。教堂在哪裡呢？）

男：ええっと、最初の角を左へ曲がると教会、右へ曲がると美術館だったよね。
さいしょ かど ひだり ま きょうかい みぎ ま び じゅつかん

（嗯嗯，在第一個轉角左轉就有教堂，右轉就是美術館，沒錯吧？）

女：えっ、反対じゃない？

（咦？相反了吧？）

男：あっ、そうか。反対だった。

（啊，原來如此，相反了。）

教会はどこにありますか。

（教堂在哪裡呢？）

答案　4

2 MP3-30

おとこ ひと おんな ひと しょくどう はな ふたり なんじ とも ま

男の人と女の人が食堂で話しています。2人は何時まで友だちを待ちますか。

（男子和女子正在餐廳說話。二個人要等朋友等到幾點呢？）

男：吉田、遅いね。おなかがすいちゃったよ。

（吉田好慢呀！我好餓喔。）

女：そうね、もう7時半だよ。先に食べちゃおうか。
しち じ はん さき た

（是呀，都已經七點半了。先來吃吧！）

男：でも今まで待ったんだから、もう少し待ってみよう。

（可是都已經等到現在了，所以再等一下看看吧。）

女：じゃ、8時、ううん、8時半まで待とうか。
はち じ はち じ はん ま

（那麼，八點，不，等到八點半吧！）

男：うん、そうしよう。

（嗯，就這麼辦吧。）

2人は何時まで友だちを待ちますか。

（二個人要等朋友等到幾點呢？）

答案　4

3 MP3-31

男の人と女の人がレストランで話しています。男の人は何を頼みますか。男の人です。

（男子和女子正在餐廳說話。男子要點什麼呢？是男子。）

男：何にしますか。僕はハンバーガーセットにします。

（妳要點什麼呢？我要點漢堡套餐。）

女：え？セット？

（什麼？套餐？）

男：ええ。ハンバーガーにコーヒーがついて、安くなっているんです。

（是呀。漢堡，還附一杯咖啡，很便宜喔！）

女：えーっと、私はジュースだけでいいです。

（嗯嗯，我只要果汁就好了。）

男：そうですか。

（這樣呀。）

男の人は何を頼みますか。

（男子要點什麼呢？）

答案　1

4 MP3-32

男の人と女の人がカレンダーを見ながら話しています。2人はいつプールに行きますか。

（男子和女子看著月曆正在說話。二個人要什麼時候去游泳池呢？）

男：今度、授業の後、プールに行かない？

（下次，下課後要不要一起去游泳池呀？）

女：プール？うん、行こう。

（游泳池？嗯，去吧。）

男：月曜日はどう？学校の近くのあのプール、月曜日は安いんだ。

（星期一怎麼樣？學校附近那家游泳池，星期一很便宜喔！）

女：そう。でも、月曜はアルバイトがあるの。

（是喔。可是我星期一有打工。）

男：じゃ、金曜日は？

（那麼星期五呢？）

女：月、水、金の3日間はアルバイト。

（我一、三、五這三天都要打工。）

男：そうか。僕は火曜はアルバイトだし……。それじゃ、この日にしよう。

（原來如此。我是星期二打工……。那麼就這一天吧！）

女：うん。

（好。）

2人はいつプールに行きますか。

（二個人要什麼時候去游泳池呢？）

答案　3

5 MP3-33

男の人と女の人が話しています。みちこさんの友だちはどの人ですか。

（男子和女子正在說話。美智子小姐的朋友是哪一個人呢？）

男：みちこさんの友だちはこの人ですか。

（美智子小姐的朋友是這個人嗎？）

女：そんなに痩せていませんよ。

（沒那麼瘦喔！）

男：じゃ、この人？

（那麼，是這個人嗎？）

女：彼女はめがねをかけています。

（她戴著眼鏡！）

男：そうですか。じゃ、この人ですね。

（原來如此。那麼，是這個人吧！）

みちこさんの友だちはどの人ですか。

（美智子小姐的朋友是哪一個人呢？）

答案　1

6 MP3-34

男の人が話しています。男の人はどんな順番でしますか。

（男子正在說話。男子以怎麼樣的順序做呢？）

男：私は、たいてい晩ご飯を食べた後、テレビを見たり、新聞を読んだり、のんびりします。散歩は食べる前です。新聞によると、ご飯を食べてから散歩するのは、体によくないそうです。そして、少しワインを飲んでから寝ます。

（我大致上在吃過晚飯後，會看電視、看報紙、輕鬆一下。散步是在吃飯前。報紙上寫說吃飽後就去散步，對身體不好。然後，會喝點紅酒再睡。）

男の人はどんな順番でしますか。

（男子以怎麼樣的順序做呢？）

答案　4

7 MP3-35

男の人と女の人が話しています。女の人は、チョコレートのほかに何を木村さんにあげますか。

（男子和女子正在說話。女子除了巧克力以外，還要送木村先生什麼呢？）

男：佐藤さん、2月１４日、誰かにチョコレートをあげるつもりですか。

（佐藤小姐，二月十四日，打算要送誰巧克力嗎？）

女：ええ、木村さんに。でも、チョコレートだけじゃありません。

（有呀，要送木村先生。不過，不只巧克力。）

男：えっ、バレンタインデーは、チョコレートを贈るだけじゃないんですか。

（咦，情人節不是只送巧克力嗎？）

女：ええ、最近はチョコレートのほかに、何か別のものをプレゼントするんですよ。

（是呀，最近除了巧克力以外，都還會送些其他東西喔！）

男：そうですか。何をあげようと思っていますか。

（原來如此。妳想送什麼呢？）

女：そうですね、シャツとかベルトとかですかね。でも、たくさん持ってるようだし……。

（這個嘛，襯衫呀、皮帶呀……。但是，他好像有很多了……。）

男：そういえば、木村さん、きのう、財布が破れたと言っていましたよ。

（這麼說來，木村先生昨天說他錢包破了喔！）

女： 本当ですか？じゃあ、それがいいですね。そうします。

（真的嗎？那麼，那個好！就這麼做。）

女の人は、チョコレートのほかに何を木村さんにあげますか。

（女子除了巧克力以外，還要送木村先生什麼呢？）

答案　1

8 MP3-36

男の人と女の人が電話で話しています。男の人はどこの何番に電話をかけてしまいましたか。

（男子和女子正在講電話。男子打了幾號、打到哪裡去了呢？）

男：もしもし、三越デパートですか。

（喂，是三越百貨嗎？）

女：いいえ、違います。市立図書館です。

（不，你打錯了。這裡是市立圖書館。）

男：あっ、すみません。あの、３６の７８９４じゃありませんか。

（啊，對不起。你們不是36-7894嗎？）

女：いいえ、こちらは３６の９４７８ですが……。

（不，這裡是36-9478……。）

男：すみません、間違えました。

（不好意思，打錯了。）

男の人はどこの何番に電話をかけてしまいましたか。

（男子打了幾號、打到哪裡去了呢？）

答案　3

問題2

問題2　請先聽問題。之後，請看試題冊。有閱讀的時間。然後請聽對話，再從選項1到4中，選出一個正確答案。

9　MP3-37

男の人と女の人が事務室で話しています。男の人はどうしますか。

（男子和女子正在辦公室裡說話。男子會怎麼做呢？）

女：佐藤君、ごめん。

（佐藤先生，抱歉。）

男：何？

（什麼事？）

女：コピーの紙がなくなっちゃったんだけど、3階から取ってきてくれない？

（影印紙沒有了，幫我到三樓拿一下好嗎？）

男：今はだめ、ちょっと手がはなせないから。

（現在不行，因為抽不出身。）

女：あっ、そう。

（啊，這樣呀。）

男の人はどうしますか。

（男子會怎麼做呢？）

1 日本語が話せないので、3階にコピーの紙を取りに行くことができません。

（因為不會說日文，所以沒有辦法到三樓拿影印紙。）

2 忙しいので、3階にコピーの紙を取りに行くことができません。

（因為很忙，所以沒有辦法到三樓拿影印紙。）

3 コピーの紙がなくなったので、3階に取りに行きます。

（因為沒有影印紙了，所以要到三樓去拿。）

4 女の人にコピーしてあげます。

（會幫女子影印。）

10 MP3-38

男の人と女の人が電話で話しています。男の人はこれからどうしますか。

（男子和女子正在講電話。男子接下來會怎麼做呢？）

男：もしもし、木村さんのお宅ですか。

（喂，是木村小姐的府上嗎？）

女：はい、そうです。

（是，是的。）

男：高橋と申しますが、真由美さんはいらっしゃいますか。

（敝姓高橋，請問真由美小姐在家嗎？）

女：真由美は今おりませんが……。

（真由美現在不在……。）

男：何時ごろお帰りになりますか。

（她幾點左右會回來呢？）

女：きょうは8時頃帰ると言っておりましたが……。

（她說今天八點左右會回來……。）

男：そうですか。じゃ、また、9時頃お電話します。

（原來如此，那我九點左右再打。）

男の人はこれからどうしますか。

（男子接下來會怎麼做呢？）

1 真由美さんに高橋さんから電話があったと伝えます。

（告訴真由美小姐高橋先生打電話找她。）

2 伝言をお願いします。

（麻煩對方留話。）

3 真由美さんからの電話を待っています。

（等真由美小姐打電話來。）

4 9時ごろ電話します。

（九點左右打電話。）

11 MP3-39

男の人と女の人が話しています。男の人はどうして早く来ますか。

（男子和女子正在說話。男子為什麼很早來呢？）

女：いつも早いですね。

（你總是很早耶！）

男：ええ、電車がすいている時間に来るんです。吉田さんも早いですね。

（是呀，我在電車很空的時候來。吉田小姐也很早耶！）

女：私は車で来るんです。遅くなると、道が込みますから。

（因為我是開車來。要是晚一點的話，路上就會很塞。）

男の人はどうして早く来ますか。

（男子為什麼很早來呢？）

1 車で来ますから。

（因為開車來。）

2 電車がすいていますから。

（因為電車很空。）

3 遅くなると、電車が込みますから。

（因為晚一點，電車會很擠。）

4 遅くなると、道が込みますから。

（因為晚一點，路上會很塞。）

12 MP3-40

男の人と女の人が事務所で話しています。2人はこれからどうしますか。

（男子和女子正在辦公室裡說話。二個人接下來會怎麼做呢？）

女：あっ、木村さん、何やってるの？

（啊，木村先生，你在做什麼？）

男：ゲーム。きのう、新しいの買ってきたんだ。

（玩電動。昨天買了新的。）

女：へー、おもしろそうね。後で、私にもやらせて。

（咦～，看起來好有趣耶，等一下也給我玩一下吧！）

男：いいよ。もう少しで終わりそうだから、ちょっと待ってて。

（好呀。我再一下子好像就結束了，所以再等一下。）

2人はこれからどうしますか。

（二個人接下來會怎麼做呢？）

1 女の人は後でゲームを買いに行く。

（女子等一下會去買電動。）

2 女の人は後で木村さんにゲームをやらせる。

（女子等一下會讓木村先生玩電動。）

3 木村さんは後でゲームをやる。

（木村先生等一下會玩電動。）

4 木村さんは後で女の人にゲームをやらせる。

（木村先生等一下會讓女子玩電動。）

13 MP3-41

女の人が病院で医者と話しています。女の人はジョギングしたり、テニスしたりしてもいいですか。

（女子正在醫院和醫生說話。女子可以慢跑、打網球嗎？）

男：うん、少しずつ良くなっていますね。

（嗯嗯，正在慢慢復原了呀！）

女：ありがとうございます。先生、テニスしてもいいですか。

（謝謝。醫生，我可以打網球嗎？）

男：それは、ちょっと待ってください。

（那個，請再稍微等一下。）

女：じゃあ、ジョギングは？

（那麼，慢跑呢？）

男：ジョギングですか。少しならいいですよ。でも少しだけですよ。

（慢跑嗎？一點點的話，沒關係呀！不過只能一下下喔！）

女：はい。

（好的。）

女の人はジョギングしたり、テニスしたりしてもいいですか。

（女子可以慢跑、打網球嗎？）

1 ジョギングはしてもいいですが、テニスはしてはいけません。

（可以慢跑，但是不能打網球。）

2 ジョギングはしてはいけませんが、テニスはしてもいいです。

（不可以慢跑，但是可以打網球。）

3 ジョギングしてもいいし、テニスもしていいです。

（可以慢跑，也可以打網球。）

4 ジョギングもテニスもしてはいけません。

（不可以慢跑，也不可以打網球。）

14 MP3-42

男の人と女の人が話しています。資料はどこにありましたか。

（男子和女子正在說話。資料在哪裡呢？）

男：会議の資料はどこにありますか。

（會議的資料在哪裡呢？）

女：あの引き出しの中にありませんか。

（沒在那個抽屜裡嗎？）

男：ええ、ないんです。

（是的，沒有。）

女：えーと、確かあの引き出しにしまってあったんですけど……。あっ、ここにありました。すみません。

（嗯嗯，我記得我是收在那個抽屜裡呀！啊，在這裡。對不起。）

資料はどこにありましたか。

（資料在哪裡呢？）

1 会議室にありました。

（在會議室裡。）

2 引き出しにありました。

（在抽屜裡。）

3 男の人のところにありました。

（在男子那裡。）

4 女の人のところにありました。

（在女子那裡。）

15 MP3-43

男の人と女の人が話しています。男の人はスキー旅行に参加しますか。

（男子和女子正在說話。男子要參加滑雪旅行嗎？）

女：山田さんはスキー旅行に参加しますか。

（山田先生要參加滑雪旅行嗎？）

男：まだ決めていません。

（我還沒決定。）

女：早く決めないと……。申し込みはあさってまでですよ。

（不趕快決定的話……。報名到後天截止喔！）

男の人はスキー旅行に参加しますか。

（男子要參加滑雪旅行嗎？）

1 はい、参加します。

（是的，要參加。）

2 いいえ、参加しません。

（不，不參加。）

3 参加するかどうか迷っています。

（還在猶豫要不要參加。）

4 あさってになってから決めます。

（到了後天再決定。）

問題3

問題3　請一邊看圖一邊聽問題。然後，從選項1到3中，選出一個正確的答案。

16 MP3-44

仕事が終わりました。いっしょに仕事をした人たちに何と言いますか。
（工作結束了。要跟一起工作的人們說什麼呢？）

1 お願いします。
（麻煩你了！）

2 お疲れ様でした。
（辛苦了！）

3 お邪魔しました。
（打擾了！）

17 MP3-45

あしたアルバイトを休みたい時、店長に何と言いますか。
（明天打工想請假時，要跟店長說什麼呢？）

1 あした、休んでいただけませんか。
（能不能請您明天休假呢？）

2 あした、休ませていただけませんか。
（能不能請您明天讓我休假呢？）

3 あした、休ませてもよろしいですか。
（明天可以讓我休假嗎？）

18 MP3-46

レポートを書きました。課長に日本語を直してもらいたいです。何と言いますか。

（寫了報告，想請課長幫忙改日文。要說什麼呢？）

1 あのう、日本語を直してくださいませんか。

（嗯嗯，請您幫我改一下日文好嗎？）

2 あのう、日本語を直したいです。

（嗯嗯，我想改日文。）

3 あのう、日本語を直してほしいです。

（嗯嗯，希望你改日文。）

19 MP3-47

重そうな荷物を持っている人を見て、手伝おうと思った時、何と言いますか。

（看到提著好像很沈重的行李的人，想幫忙時，要說什麼呢？）

1 その荷物、お持ちしましょうか。

（我來提那個行李吧！）

2 その荷物、持っていただけませんか。

（能不能請您拿那個行李呢？）

3 その荷物、持たなければなりませんか。

（一定要拿那個行李嗎？）

20 MP3-48

クラスメートの辞書を使いたいです。何と言いますか。

（想用同學的字典。要說什麼呢？）

1 この辞書、借りてください。

（請你借這本字典。）

2 この辞書、借りてもいいですか。

（我可以借這本字典嗎？）

3 この辞書、貸してもいいですか。

（可以借你這本字典嗎？）

問題4

問題４　沒有圖。首先請聽句子。然後請聽回答，從選項１到３中，選出一個正確的答案。

21 MP3-49

男：いっしょに帰りませんか。
（要一起回家嗎？）

女：1 ええ、帰りません。
（好，我不回家。）

2 ええ、帰りましょう。
（好，回家吧！）

3 ええ、帰るそうです。
（好，聽說要回家。）

22 MP3-50

男：私もお手伝いしましょうか。
（我也來幫忙吧？）

女：1 どういたしまして。
（不客氣。）

2 そうします。
（就那麼做。）

3 おねがいします。
（麻煩你了。）

23 MP3-51

男：子どもが1人で外に出ないようにしてください。

（希望小孩不要一個人到外面。）

女：1 はい、出しません。

（好的，不會讓他出去。）

2 いいえ、出ません。

（不，不出去。）

3 いいえ、出しません。

（不，不會讓他出去。）

24 MP3-52

男：ここでテニスをしてもかまいませんか。

（可以在這裡打網球嗎？）

女：1 はい、してもいいです。

（是的，可以。）

2 はい、してはいけません。

（是的，不行。）

3 いいえ、してもいいです。

（不，可以。）

25 MP3-53

男：もう8時半だ。急がないと、遅刻する。

（已經八點半了。不快一點就會遲到了。）

女：1 気をつけてね。失礼します。

（小心喔。打擾了！）

2 気をつけてね。いってまいります。

（小心喔。我要走了。）

3 気をつけてね。いってらっしゃい。

（小心喔。慢走！）

26 MP3-54

男：すみません。コーヒーとサンドイッチをお願いします。

（不好意思。我要咖啡和三明治。）

女：1 はい、いいですよ。

（好的，可以呀！）

2 はい、お願いします。

（好的，麻煩你了！）

3 はい、かしこまりました。

（好的，我知道了！）

27 MP3-55

女：大学が決まったそうですね。おめでとうございます。

（聽說你大學確定了呀！恭喜！）

男：1 お待たせいたしました。

（讓您久等了。）

2 どういたしまして。

（不客氣。）

3 おかげさまで。

（託您的福。）

28 MP3-56

女：よくいらっしゃいました。どうぞお上がりください。

（歡迎光臨，請進！）

男：1 失礼します。

（打擾了！）

2 ごめんください。

（有人在嗎？）

3 いただきます。

（我要吃了！）

N4 模擬試題　第三回　考題解析

考題解答

言語知識（文字・語彙）

問題 1（每題1分）

1 4　　2 3　　3 3　　4 3　　5 1　　6 3　　7 2　　8 4　　9 4

問題 2（每題1分）

10 4　　11 3　　12 2　　13 2　　14 2　　15 2

問題 3（每題2分）

16 4　　17 4　　18 3　　19 2　　20 3　　21 2　　22 3　　23 4　　24 3　　25 2

問題 4（每題2分）

26 3　　27 3　　28 2　　29 3　　30 4

問題 5（每題3分）

31 4　　32 4　　33 4　　34 4　　35 3

言語知識（文法）・讀解

問題 1（每題1分）

1 3　2 1　3 4　4 1　5 3　6 3　7 3　8 2　9 3　10 2
11 2　12 2　13 3　14 3　15 3

問題 2（每題1分）

16 3　17 3　18 4　19 4　20 2

問題 3（每題2分）

21 3　22 4　23 2　24 1　25 4

問題 4（每題3分）

26 4　27 2　28 2　29 2

問題 5（每題3分）

30 3　31 2　32 4　33 3

問題 6（每題3分）

34 1　35 3

聽解

問題 1（每題2.5分）

1 3　2 2　3 1　4 1　5 4　6 2　7 2　8 3

問題 2（每題2分）

9 1　10 3　11 3　12 3　13 4　14 4　15 4

問題 3（每題2分）

16 2　17 3　18 2　19 2　20 2

問題 4（每題2分）

21 3　22 3　23 1　24 3　25 2　26 1　27 3　28 3

考題解析

言語知識（文字・語彙）

問題1　______的語彙如何發音呢？請從1・2・3・4中，選出一個最正確的答案。

1 あしたは　しけんが　あるから　勉強しなければ　ならない。

1 べんきゅ　　2 べんきょ　　3 べんきゅう　　4 べんきょう

→ あしたは　試験（しけん）が　あるから　勉強（べんきょう）しなければ　ならない。

中譯 明天有考試，所以一定要讀書。

解析 「勉強（べんきょう）」（讀書、學習）是出題頻率相當高的一個單字，長音或短音、拗音為「～ょ」或「～ゅ」都是測驗重點，本題答案為4。

2 ちかくに　八百屋が　あります。

1 はくや　　2 はちや　　3 やおや　　4 はっぴゃくや

→ 近（ちか）くに　八百屋（やおや）が　あります。

中譯 附近有蔬果店。

解析 「八百屋」（蔬果店）的發音相當特別，跟「八」這個漢字原本的發音「はち」無關，當然就和音變也沒有關係，本題答案為3。

3 その　みせには　品物が　たくさん　あって　べんりです。

1 ひんぶつ　　2 ひんもの　　3 しなもの　　4 しなぶつ

→ その　店（みせ）には　品物（しなもの）が　たくさん　あって　便利（べんり）です。

中譯 那家店裡有很多商品，很方便。

解析 「品物（しなもの）」（商品）這個字的讀音為「訓讀」，所以「品」不唸「ひん」，而是「しな」；「物」不唸「ぶつ」，而是「もの」，故答案為3。

4 さいきん　すこし　めが　悪く　なりました。

1 よわく　　2 ひどく　　3 わるく　　4 よおく

→ 最近（さいきん）　少（すこ）し　目（め）が　悪（わる）く　なりました。

中譯 最近眼睛變得不太好。

解析 選項1是「弱（よわ）い」（弱的）；選項2是「ひどい」（嚴重的）；選項3是「悪（わる）い」（不好的），選項4則非正確的單字，故答案為3。

5 去年の　おしょうがつに　にほんへ　いきました。

1 きょねん　　2 きょうねん　　3 さくねん　　4 さくとし

→ 去年（きょねん）の　お正月（しょうがつ）に　日本（にほん）へ　行（い）きました。

中譯 去年的新年去了日本。

解析 本題主要測驗的是「去年（きょねん）」這二個漢字均為音讀，且「去（きょ）」為短音「きょ」，答案為1。選項3「さくねん」是個正確的單字，意思也為「去年」，但漢字為「昨年（さくねん）」，故非正確答案。

6 祖母は　だれにでも　しんせつな　人です。

1 そふ　　2 そぶ　　3 そぼ　　4 そば

→ 祖母（そぼ）は　誰（だれ）にでも　親切（しんせつ）な　人（ひと）です。

中譯 祖母是對誰都很親切的人。

解析 本題重點為「濁音」的有無，祖父是「祖父（そふ）」，祖母是「祖母（そぼ）」，前者為「清音」，後者為「濁音」，故答案為3。選項4「そば」有二個意思，一為「側（そば）／傍（そば）」（旁邊），另一則為「蕎麦（そば）」（蕎麥麵）。

7 あの　せんせいは　世界の　れきしに　ついて　けんきゅうして　います。

1 せいかい　　2 せかい　　3 せいがい　　4 せがい

→ あの　先生（せんせい）は　世界（せかい）の　歴史（れきし）に　ついて　研究（けんきゅう）して　います。

中譯 那位老師研究關於世界史。

解析 漢字「世」常見的音讀為「せい」，例如「世紀（せいき）」。但「世界（せかい）」的「世（せ）」只發短音「せ」，是特殊發音的一種，務必記住，所以本題答案為2。此外，選項1、3唸起來都很像閩南話，千萬不要誤選了。

8 夕方に　なって、あめが　ふりだした。

1 ゆかた　　2 ゆうかた　　3 ゆがた　　4 ゆうがた

→ 夕方（ゆうがた）に　なって、雨（あめ）が　降（ふ）り出（だ）した。

中譯 到了傍晚，下起雨來了。

解析 本題重點還是在於清濁音及長短音，「夕方（ゆうがた）」（傍晚）的第一個漢字「夕（ゆう）」是長音「ゆう」，第二個漢字「方」則音變為「方（がた）」（がた），故答案為4。選項1「ゆかた」唸起來很熟悉吧，其實是「浴衣（ゆかた）」（浴衣）的意思。

9 うちの　台所は　せまいです。

1 たいところ　　2 たいどころ　　3 だいところ　　4 だいどころ

→ 家（うち）の　台所（だいどころ）は　狭（せま）いです。

中譯 我家的廚房很窄小。

解析 「台所（だいどころ）」（廚房）的發音重點在於，第一音節、第三音節均為濁音「だいどころ」，故答案為4。

問題2　＿＿＿的語彙如何寫呢？請從1・2・3・4中，選出一個最正確的答案。

10 きかいは　ただしく　つかって　ください。

1 丘しく　　2 止しく　　3 上しく　　4 正しく

→ 機械（きかい）は　正（ただ）しく　使（つか）って　ください。

中譯 請正確使用機器。

解析 「正（ただ）しい」（正確）的漢字寫法對華人來說應該沒問題，答案為4。

11 きのうは　友だちと　テニスを　したり　映画を　みたりして、たのしい　一日でした。

1 親しい　　2 悲しい　　3 楽しい　　4 嬉しい

→ きのうは　友（とも）だちと　テニスを　したり　映画（えいが）を　見（み）たりして、楽（たの）しい　一日（いちにち）でした。

中譯 昨天和朋友打了網球、看了電影，是非常開心的一天。

解析 四個選項都是「～しい」結尾的「イ形容詞」，選項1「親（した）しい」是「親近、親密的」；選項2「悲（かな）しい」是「悲傷的」；選項3「楽（たの）しい」是「快樂、開心的」；選項4「嬉（うれ）しい」是「喜悅的」，故答案為3。

12 あねと　おなじ　先生に　おんがくを　ならった。

1 兄　　2 姉　　3 弟　　4 妹

→ 姉（あね）と　同（おな）じ　先生（せんせい）に　音楽（おんがく）を　習（なら）った。

中譯 跟姊姊同一個老師學了音樂。

解析 「兄（あに）」（哥哥）、「姉（あね）」（姊姊）、「弟（おとうと）」（弟弟）、「妹（いもうと）」（妹妹）是N4範圍必考的題目，請務必記住。本題答案為2。

13 まいあさ　ジュースを　<u>のみ</u>ながら、しんぶんを　よみます。

1 読み　　2 飲み　　3 食み　　4 込み

→ 毎朝（まいあさ）　ジュースを　<u>飲（の）み</u>ながら、新聞（しんぶん）を　読（よ）みます。

中譯 每天早上都一邊喝果汁一邊看報紙。

解析 本題測驗「ます形」結尾為「み」的「～みます」動詞。選項1是「読（よ）みます」（閱讀）；選項2是「飲（の）みます」（喝）；選項4則是「込（こ）みます」（擁擠）；選項3則為不存在的單字，本題答案為2。

14 <u>まち</u>へ　いって　かいものを　しました。

1 村　　2 町　　3 市　　4 道

→ <u>町（まち）</u>へ　行（い）って　買（か）い物（もの）を　しました。

中譯 去鎮上購物了。

解析 選項1是「村（むら）」（村莊）；選項2是「町（まち）」（城鎮）；選項3唸作「市（し）」（市）；選項4是「道（みち）」（馬路），故答案為2。

15 らいげつの　<u>いつか</u>は　ちちの　たんじょうびです。

1 3日　　2 5日　　3 7日　　4 9日

→ 来月（らいげつ）の　<u>5日（いつか）</u>は　父（ちち）の　誕生日（たんじょうび）です。

中譯 下個月的五號是父親的生日。

解析 日期的表達是相當重要的考題，選項1唸作「3日（みっか）」；選項2是「5日（いつか）」；選項3是「7日（なのか）」；選項4是「9日（ここのか）」，故答案為2。

問題3 （　　　）中要放入什麼呢？請從1・2・3・4中，選出一個最正確的答案。

16 木村さんが　たいわんへ　きた　とき、わたしが　（　　　）して　あげました。

1 けんぶつ　　2 よてい　　3 うんどう　　4 あんない

→ 木村（きむら）さんが　台湾（たいわん）へ　来（き）た　時（とき）、私（わたし）が　<u>案内（あんない）</u>して　あげました。

中譯 木村先生來台灣時，我帶他遊覽。

解析 選項1是「見物（けんぶつ）」（參觀）；選項2是「予定（よてい）」（預定）；選項3是「運動（うんどう）」（運動）；選項4是「案内（あんない）」（陪同導覽、招待），故答案為4。

17 ははに　てがみを　見られて　とても　（　　　）。

　1 よろしかった　　2 おいしかった　　3 たのしかった　　4 はずかしかった

→ 母に　手紙を　見られて　とても　恥ずかしかった。

中譯 被媽媽看了信，好難為情。

解析 本題考「イ形容詞」，選項1「よろしい」是「好的」；選項2「おいしい」是「好吃的」；選項3「楽しい」是「開心的」；選項4「恥ずかしい」是「丟臉的 」，故答案為4。

18 わたしは　あにより　（　　　）が　つよいです。

　1 せなか　　2 あたま　　3 ちから　　4 げんき

→ 私は　兄より　力が　強いです。

中譯 我比哥哥力氣大。

解析 本題測驗的是身體相關詞彙，選項1是「背中」（背）；選項2是「頭」（頭）；選項3是「力」（力氣）；選項4是「元気」（有精神），故答案為3。

19 さきに　神戸に　（　　　）、それから　大阪へ　いく　よていです。

　1 かよって　　2 よって　　3 とおって　　4 つうじて

→ 先に　神戸に　寄って、それから　大阪へ　行く　予定です。

中譯 預定先到神戶，然後去大阪。

解析 本題考動詞，選項1、3、4的漢字均為「通」，選項1是「通う」，是「定期往返」的意思，常見的表達有「会社に通う」（上下班）、「学校に通う」（上下學）；選項3「通る」是「通過」，常見的表達有「橋を通る」（過橋）；選項4為「通じる」，是「通達」的意思，常見的表達有「道が通じる」（路通了）、「電話が通じない」（電話不通）。而選項2的「寄る」有「順路、經過」的意思，故答案應為2。

20 ぼうしを　（　　　）　いる　ひとは　田中さんです。

　1 しめて　　2 かけて　　3 かぶって　　4 つけて

→ 帽子を　かぶって　いる　人は　田中さんです。

中譯 帶著帽子的人是田中先生。

解析 本題測驗和「打扮」相關的動詞，選項1是「締める」（綁緊），應該用於「繫領帶」（ネクタイを締める）；選項2是「かける」（戴），應該用於「戴眼鏡」（めがねをかける）；選項3是「かぶる」也是「戴」的意思，但應該用於「戴帽子」（帽子をかぶる）；選項4「つける」有「加上」的意思，所以「縫釦子」可以用「ボタンをつける」，故答案為3。

21 あの　としょかんでは、1人　5（　　　）まで　本を　借りる　ことが　できる。

1 けん　　2 さつ　　3 だい　　4 えん

→ あの　図書館（としょかん）では、1人（ひとり）　5冊（ごさつ）まで　本（ほん）を　借（か）りる　ことが　できる。

中譯 在那家圖書館，一個人可以借到五本書。

解析 本題測驗數量詞，選項1是「軒（けん）」，是「房子、商店」的量詞；選項2是「冊（さつ）」，是「書本」的量詞；選項3是「台（だい）」，是「機械、車輛」的量詞；選項4是「円（えん）」，是「日圓」的計價單位，故答案為2。

22 じしんで　ビルが　（　　　）　しまった。

1 やぶれて　　2 おれて　　3 たおれて　　4 わかれて

→ 地震（じしん）で　ビルが　倒（たお）れて　しまった。

中譯 因為地震，大樓倒了。

解析 本題測驗語尾為「～れる」的相關動詞。選項1是「破（やぶ）れる」（破掉）；選項2是「折（お）れる」（斷掉）；選項3是「倒（たお）れる」（倒塌）；選項4是「分（わ）かれる」（分開），故答案為3。同時也請注意，以上四個動詞均為「～れる」自動詞。

23 わたしは　小さい　ときから、にっきを　（　　　）。

1 かかって　います　　2 かけて　います

3 ついて　います　　4 つけて　います

→ 私（わたし）は　小（ちい）さい　時（とき）から、日記（にっき）を　つけて　います。

中譯 我從小時候就開始寫日記。

解析 本題可以先從基礎文法做簡單的篩選，從「日記（にっき）を」的「を」可判斷，需要一個他動詞，所以選項1、3均應先排除（「かかる」為自動詞，「かける」為他動詞，「つく」為自動詞，「つける」為他動詞）。而「かける」有「加上」的意思；「つける」則有「記上」的意思，故答案為4。

24 （　　　）の　てんが　わるかったので、ちちに　しかられました。

1 テキスト　　2 ノート　　3 テスト　　4 コンサート

→ テストの　点（てん）が　悪（わる）かったので、父（ちち）に　叱（しか）られました。

中譯 考試成績很糟，所以被爸爸罵了。

解析 本題測驗外來語，選項1「テキスト」是「課本」；選項2「ノート」是「筆記本」；選項3「テスト」是「考試」；選項4「コンサート」是「演唱會」，故答案為3。

25 のどが　（　　　）ね。なにか　のみましょうか。

1 すきました　　2 かわきました　　3 わきました　　4 やきました

→ のどが　渇（かわ）きましたね。何（なに）か　飲（の）みましょうか。

中譯 好渴呀，喝點什麼吧！

解析 本題考「～く」結尾的動詞，選項1是「空（す）く」（空）；選項2是「渇（かわ）く」（渴）；選項3是「沸（わ）く」（沸騰）；選項4是「焼（や）く」（烤），故答案為2。

問題4　有和＿＿＿的句子相似意思的句子。請從1・2・3・4中，選出一個最正確的答案。

26 きかいを　べんきょうする　つもりです。

1 きかいの　べんきょうを　する　ことが　できます。

2 きかいの　べんきょうを　する　はずです。

3 きかいの　べんきょうを　しようと　おもって　います。

4 きかいの　べんきょうを　する　らしいです。

→ 機械（きかい）を　勉強（べんきょう）する　つもりです。

中譯 打算學機械。

解析 「辭書形＋ことができる」表示「能力」，所以選項1「機械（きかい）の勉強（べんきょう）をすることができます」是「能夠學機械」的意思。「～はず」常翻譯為「應該」，所以選項2「機械（きかい）の勉強（べんきょう）をするはずです」要解釋為「應該會讀機械」；「意向形＋と思（おも）っています」表示「想要～」，所以選項3「機械（きかい）の勉強（べんきょう）をしようと思（おも）っています」解釋為「我想讀機械」；「～らしい」表示「客觀的推測」，所以選項4「機械（きかい）の勉強（べんきょう）をするらしいです」是「好像要讀機械」的意思。而題目的「～つもり」雖然常翻譯為「打算～」，但其實就是一種「意向」的表達，故答案為3。

27 この　いすは　じゃまです。

1 この　いすは　べんりです。

2 この　いすは　たいせつです。

3 この　いすは　ひつようが　ありません。

4 この　いすは　やくに　たちます。

→ この　椅子（いす）は　邪魔（じゃま）です。

中譯 這張椅子很礙事。

解析「便利」是「方便」；「大切」是「重要」；「必要」是「需要、必須」；「役に立つ」是「有用、有幫助」。所以四個選項的意思各為：1「這張椅子很方便」（この椅子は便利です）；2「這張椅子很重要」（この椅子は大切です）；3「這張椅子不需要」（この椅子は必要がありません）；4「這張椅子很有用」（この椅子は役に立ちます），因此答案應為3。

28 <u>ふくが　よごれて　います。</u>

1 ふくが　きれいです。

2 ふくが　きたないです。

3 ふくが　おおいです。

4 ふくが　おおきいです。

→ 服が　汚れて　います。

中譯 衣服髒了。

解析「きれい」是「乾淨、漂亮的」；「汚い」是「髒的」；「多い」是「多的」；「大きい」是「大的」的意思。所以四個選項的意思各為：1「衣服很乾淨」（服がきれいです）；2「衣服很髒」（服が汚いです）；3「衣服很多」（服が多いです）；4「衣服很大」（服が大きいです），故答案為2。

29 <u>ひとりで　この　しごとを　するのは　むりです。</u>

1 ひとりで　この　しごとが　できます。

2 ひとりで　この　しごとを　させます。

3 ひとりで　この　しごとが　できません。

4 ひとりで　この　しごとを　させません。

→ 1人で　この　仕事を　するのは　無理です。

中譯 要一個人做這份工作不可能。

解析 選項1「1人でこの仕事ができます」是「能夠一個人做這份工作」，因此選項3是「沒辦法一個人做這份工作」，故答案為3。此外，選項2「1人でこの仕事をさせます」是「讓他一個人做這份工作」，所以選項4是「不讓他一個人做這份工作」的意思。

30 この　あたりは　よる　きけんです。

1 この　あたりは　よる　べんりです。

2 この　あたりは　よる　さびしいです。

3 この　あたりは　よる　にぎやかです。

4 この　あたりは　よる　あぶないです。

→ この　辺(あた)りは　夜(よる)　危険(きけん)です。

中譯 這一帶晚上很危險。

解析 「便利(べんり)」是「方便的」的意思；「寂(さび)しい」除了常用的「寂寞的」外，尚有「寂靜的」的意思；「にぎやか」是「熱鬧的」；「危(あぶ)ない」是「危險的」，故答案為4。

問題5　請從1・2・3・4中，選出一個以下語彙用法裡最適當的用法。

31 すると

1 ダンスは　からだに　いいです。すると、まいにち　れんしゅうします。

2 あめが　ふって　います。すると、でかけません。

3 きょうは　つまの　たんじょうびです。すると、はやく　かえらなければなりません。

4 ボタンを　おしました。すると、ドアが　あきました。

→ ボタンを　押(お)しました。すると、ドアが　開(あ)きました。

中譯 按了按鈕。於是，門就開了。

解析 「すると」為接續詞，除了表示「一～就～」的意思外，還有做前一個動作時，沒有預料到會發生下一個動作的功能，因此，後面接的動詞通常不會有意志性，故選項4才為正確答案。

32 やっと

1 さいふは　やっと　おちて　しまいました。

2 あの　ひとの　なまえを　やっと　わすれました。

3 しけんに　やっと　しっぱいして、がっかりでした。

4 じしょを　しらべて　ことばの　いみが　やっと　わかりました。

→ 辞書(じしょ)を　調(しら)べて　言葉(ことば)の　意味(いみ)が　やっと　わかりました。

中譯 查字典，終於知道單字的意思了。

解析 「やっと」為「副詞」，是「終於」的意思，選項1、2、3後面都帶有負面的意思，若加上「やっと」，似乎表示對此負面事件「期待」的感覺，故均非正確答案，本題答案為4。

33 あける

1 らいしゅう　パーティーを　あけようと　おもって　います。

2 くらいですから、でんきを　あけて　ください。

3 では、じゅぎょうを　はじめましょう。テキストの　16ページを　あけなさい。

4 あついですから、まどを　あけて　ください。

→ 暑(あつ)いですから、窓(まど)を　開(あ)けて　ください。

中譯 因為很熱，所以請打開窗戶。

解析 本題測驗跟中文「開」有關的表達。選項1似乎要表達「開舞會」，應該使用「開(ひら)く」（舉行），成為「来週(らいしゅう)パーティーを開(ひら)こうと思(おも)っています」（下個星期想開舞會）才合理；選項2要表達的是「開燈」，所以應該用「つける」，成為「暗(くら)いですから、電気(でんき)をつけてください」（因為很暗，所以請把燈打開）；選項3要表達的是「翻書」的意思，所以要用「開(ひら)く」，成為「では、授業(じゅぎょう)を始(はじ)めましょう。テキストの１６(じゅうろく)ページを開(ひら)きなさい」（那麼，開始上課吧！請翻到課本第十六頁）；只有選項4的「開(あ)ける」才有「打開（門、窗）」的意思，故答案為4。

34 にがい

1 わかれが　にがいです。

2 ねつが　あって　にがいです。

3 その　しごとは　にがくないです。

4 この　くすりは　にがいです。

→ この　薬(くすり)は　苦(にが)いです。

中譯 這個藥很苦。

解析 「苦(にが)い」表示味覺的「苦」，選項1應該為「別(わか)れが辛(つら)いです」（分離很痛苦）；選項2應改為「熱(ねつ)があって苦(くる)しいです」（發燒，很難受）；選項3應改為「その仕事(しごと)は辛(つら)くないです」（那份工作不辛苦），所以只有選項4才為正確的用法。

35 くださる

1 おかあさんに　おかねを　くださいました。

2 こどもは　とけいを　くださいました。

3 しゃちょうは　ネクタイを　くださいました。

4 先生に　じしょを　くださいました。

→ 社長(しゃちょう)は　ネクタイを　くださいました。

中譯 社長送了我領帶。

解析「くださる」為「くれる」（給我、送我）的尊敬語，既然「くれる」是「給我、送我」的意思，主詞就絕不可能為第一人稱，而動作的對象（「～に」的部份），原則上也應該是說話者自己（私(わたし)に），以此判斷，選項1、4可先排除。選項2的主詞為「子(こ)ども」（小孩），故不應使用尊敬語「くださる」，因此，答案為3。

言語知識（文法）・讀解

問題1　（　　　）中要放入什麼呢？請從1・2・3・4中，選出一個最正確的答案。

1 かばんは　買わない　こと（　　　）　しました。

　1 を　　2 が　　3 に　　4 で

　→ かばんは　買（か）わない　ことに　しました。

中譯 包包決定不買了。

解析「～ことにします」表示「決定～」，故答案為3。

2 車を　買う　（　　　）、お金を　借りました。

　1 ために　　2 ように　　3 なのに　　4 そうに

　→ 車（くるま）を　買（か）う　ために、お金（かね）を　借（か）りました。

中譯 為了買車，所以借了錢。

解析「～ために」表示「目的」，所以答案為1。此外，雖然選項2「～ように」也可以表示「目的」，但前面應為「狀態性動詞」，例如應該改為「車（くるま）が買（か）えるように～」（為了買得起車～），才會是正確的表達。選項3「なのに」雖可作為逆態接續詞，但前面若為動詞，不需要加「な」，所以連接的方式就已經不正確了；選項4的「～そう」在此會成為「傳聞」的表達方式，亦不符合句子的要求。

3 食べる　前に　かならず　手を　（　　　）　いけません。

　1 洗えば　　2 洗わないで　　3 洗っても　　4 洗わなくては

　→ 食（た）べる　前（まえ）に　必（かなら）ず　手（て）を　洗（あら）わなくては　いけません。

中譯 吃飯前一定要洗手。

解析「～なければなりません」及「～なくてはいけません」均為表達「義務」的句型，表示「不得不～」、「一定要～」，故答案為4。

4 わたしは　兄（　　　）　背が　高くない。

　1 ほど　　2 だけ　　3 でも　　4 しか

　→ 私（わたし）は　兄（あに）ほど　背（せ）が　高（たか）くない。

中譯 我沒有哥哥那麼高。

解析 本題測驗「AはBほど～ない」這個「比較」的句型，故答案為1。這個句型除了表達「A沒有到B那麼的～」這個意思外，還帶有A、B二者程度都頗高的意思。例如題目除了表示哥哥比說話者高外，還表示了二個都不矮的意思。

5 ちょうど　いまから　でかける　（　　）です。

1 とき　　2 こと　　**3 ところ**　　4 ほう

→ ちょうど　今（いま）から　出（で）かける　ところです。

中譯 剛好現在正要出門。

解析 「～ところ」表示「不特定的時間」，「辭書形＋ところ」表示「正要～」，「ている形＋ところ」表示「正在～」，「た形＋ところ」表示「剛～」，答案為3。

6 A「わたしの　えんぴつ、見ませんでしたか」

B「あっ、あそこに　（　　）よ」

1 おちます　　2 おちません

3 おちて　います　　4 おちて　いません

→ A「私（わたし）の　鉛筆（えんぴつ）、見（み）ませんでしたか」

B「あっ、あそこに　落（お）ちて　いますよ」

中譯 A「有沒有看見我的鉛筆呢？」

B「啊，掉在那裡喔！」

解析 「～ている」除了表示「現在進行式」外，還可表示「狀態」，故答案為3。選項1是「會掉在那裡」；選項2是「不會掉在那裡」；選項3是「掉在那裡」；選項4是「沒有掉在那裡」的意思。

7 A「その　とけい、いいですね」

B「ええ、兄が　たんじょうびに　買って　（　　）んです」

1 やった　　2 あげた　　**3 くれた**　　4 もらった

→ A「その　時計（とけい）、いいですね」

B「ええ、兄（あに）が　誕生日（たんじょうび）に　買（か）って　くれたんです」

中譯 A「那隻手錶，很好耶！」

B「是呀，是生日時，哥哥買給我的。」

解析 本題考「授受動詞」，既然「兄（あに）」後面已經有了「が」，表示「兄（あに）」為「動作者」，因此可判斷意思應為「哥哥買給我的」。所以要加上「～てくれる」才是正確答案，故應選3。

8 先生は　すぐに　（　　　）か。

1 おもどりに　します　　　　**2 おもどりに　なります**

3 おもどりに　あます　　　　4 おもどりに　あります

→ 先生は　すぐに　お戻りに　なりますか。

中譯 老師馬上會回來嗎？

解析 本題考「敬語」，且主詞為「先生」（老師），所以應使用「尊敬語」。尊敬語的規則變化為「お＋ます形＋になります」，其他選項均為錯誤用法，故答案為2。

9 あしたは　（　　　）、友だちと　映画を　見に　行きます。

1 休みから　　2 休みので　　**3 休みなので**　　4 休みなのに

→ あしたは　休みなので、友だちと　映画を　見に　行きます。

中譯 因為明天休息，所以要和朋友去看電影。

解析 本題考接續詞及其連接方式，「から」、「ので」表示「因為～所以～」，「のに」表示「雖然～但是～」，因此，選項4可先排除。若要用「から」表示「因果關係」，前面應為完整的句子，也就是要改為「休みだから」才合理；而若要用「ので」，前面的名詞必須加上「な」，成為「なので」才正確，故答案為3。

10 ごかぞくの　しゃしんを　拝見（　　　）。

1 して　ください　　　　**2 させて　ください**

3 されて　ください　　　　4 させられて　ください

→ ご家族の　写真を　拝見させて　ください。

中譯 請讓我看一下您家人的照片。

解析 本題牽涉「敬語」、「使役」、「授受」三項文法。「拝見する」為「見る」（看）的「謙讓語」，既然為「謙讓語」，這個動作應該是「說話者」來做。也就是「看」是「說話者」要看的。若選1，會變成是對方要看，故不合理，所以應選2，使用「使役形」表示「請讓我～」，故答案為2。

11 この　くつは　大きすぎて、（　　　）にくいです。

1 あるく　　**2 あるき**　　3 あるいて　　4 あるけ

→ この　靴は　大きすぎて、歩きにくいです。

中譯 這雙鞋子太大，不好走。

解析 「～にくい」為「複合形容詞」，表示「難以～」的意思，前面的動詞應為「ます形」，選項1為「辭書形」，選項2為「ます形」，選項3為「て形」，選項4為「命令形」，故答案為2。

12 かぜを　（　　　）　ように　ちゅういして　います。

1 ひく　　2 ひかない　　3 ひいた　　4 ひかなかった

→ 風邪（かぜ）を　引（ひ）かない　ように　注意（ちゅうい）して　います。

中譯 為了不要得到感冒，我都很小心。

解析 選項1「引（ひ）く」，是「辭書形」；選項2「引（ひ）かない」是「ない形」；選項3「引（ひ）いた」是「た形」；選項4「引（ひ）かなかった」為「過去式否定」。「～ように」表示希望、目的，所以前面的動詞應採用「現在式（未來式）」，且依句意，應為「否定」，故答案為2。

13 （　　　）と　した　とき、電話が　かかって　きた。

1 ねる　　2 ねて　　3 ねよう　　4 ねろ

→ 寝（ね）ようと　した　時（とき）、電話（でんわ）が　かかって　きた。

中譯 正想睡時，來了通電話。

解析 選項1的「寝（ね）る」是「辭書形」；選項2的「寝（ね）て」是「て形」；選項3的「寝（ね）よう」是「意向形」；選項4的「寝（ね）ろ」是「命令形」，故本題答案為3。「意向形」常出現的句型有二，一為「意向形＋とする」，表示「正當要～、正想要～」；另一為「意向形＋と思（おも）う」，表示「想要～」。

14 きのう　先生に　（　　　）、うれしかったです。

1 ほめて　　2 ほめさせて　　3 ほめられて　　4 ほめさせられて

→ きのう　先生（せんせい）に　ほめられて、うれしかったです。

中譯 昨天被老師稱讚，非常高興。

解析 本題測驗「ほめる」（稱讚）的相關動詞變化，使役形為「ほめさせる」（要～稱讚）；被動形為「ほめられる」（被～稱讚）；「ほめさせられる」則為「使役被動」，意思為「被～逼著稱讚」，故答案為3。

15 風が　つよい（　　　）、雨も　ふって　いるから、出かけない　ほうが　いいですよ。

1 で　　2 に　　3 し　　4 と

→ 風（かぜ）が　強（つよ）いし、雨（あめ）も　降（ふ）って　いるから、出（で）かけない　ほうが　いいですよ。

中譯 風很強、雨也正在下著，所以不要出門比較好喔！

解析 「風（かぜ）が強（つよ）い」和「雨（あめ）も降（ふ）っている」都是「出（で）かけないほうがいいです」的「原因」，所以要用表示原因、理由的並列的「し」，故答案為3。

問題2　放入＿★＿中的語彙是什麼呢？請從1・2・3・4中選出一個最適當的答案。

16 雨なのに、木村さんは　＿＿＿　＿＿＿　＿＿＿　＿★＿　います。

1 傘も　　2 ささず　　3 歩いて　　4 に

→ 雨(あめ)なのに、木村(きむら)さんは　傘(かさ)も　ささず　に　歩(ある)いて　います。

中譯 明明下雨，木村先生連傘都不撐地走著。

解析 本題重點在測驗「～ずに」的用法，「～ずに」是古文用法，和現代文的「～ないで」功能相同，所以「傘(かさ)もささずに～」就是「傘(かさ)もささないで～」（連傘都不撐，然後～），故答案為3。

17 林さんは　フランスで　そだったから、＿＿＿　＿★＿　＿＿＿　＿＿＿　はずです。

1 フランス語　　2 上手　　3 は　　4 な

→ 林(りん)さんは　フランスで　そだったから、フランス語(ご)　は　上手(じょうず)　な　はずです。

中譯 林先生因為在法國長大，所以法文應該很厲害。

解析 本題主要測驗「～はず」（應該）的用法。「はず」前若為「ナ形容詞」，則要加上「な」才能接「はず」，因此，選項4「な」應該在「上手(じょうず)」後、「はず」前。剩下的「フランス語(ご)」和「は」的順序，當然為「フランス語(ご)は～」，故答案為3。

18 ＿＿＿　＿＿＿　＿★＿　＿＿＿、雨が　降り出しました。

1 と　　2 出かけよう　　3 とき　　4 した

→ 出(で)かけよう　と　した　とき、雨(あめ)が　降(ふ)り出(だ)しました。

中譯 正要出門時，下起雨來了。

解析 本題測驗「意向形＋とする」（正想要～、正當要～）這個句型，所以「と」位於「出(で)かけよう」和「した」之間，成為「出(で)かけようとした」，故答案為1。

19 この　バスは　おりる　ときに　＿＿＿　＿＿＿　＿★＿　＿＿＿　います。

1 はらう　　2 お金を　　3 なって　　4 ことに

→ この　バスは　おりる　ときに　お金(かね)を　はらう　ことに　なって　います。

中譯 這輛公車是下車時付錢。

解析 本題測驗「～ことになっている」這個句型，「～ことになっている」用來表示「規定、習慣」，故答案為4。

20 日本語能力試驗を ＿＿ ★ ＿＿ ＿＿ ＿＿ います。

1 考えて　　2 か　　3 受ける　　4 どうか

→ 日本語能力試驗を 受ける か どうか 考えて います。

中譯 正在考慮要不要參加日本語能力測驗。

解析 本題測驗「～かどうか」（要不要～、是不是～）這個句型，故答案為2。

問題3　21～25中放入什麼呢？請從1・2・3・4中，選出一個最適當的答案。

次の　文章は　ジョンさんが　友だちの　山下さんに　書いた　手紙です。

先日は、大変　お世話に　なり、ありがとう　ございました。皆さんと　いっしょに　たいへん　楽しい　週末を　過ごす　ことが　21 できました。お母さんが　作って　22 くださった　料理は　たいへん　おいしかったです。皆さんと　いっしょに　23 撮った　写真は、机の　上 24 に　飾りました。ほんとうに　どうも　ありがとう　ございました。今度は、ぜひ　うちに　遊びに　来て　ください。また、25 お会いできるのを　楽しみに　して　います。

2010年9月5日

ジョン

中譯 以下的文章是約翰先生寫給朋友山下先生的信。

前幾天，受到你們非常大的照顧，謝謝。能夠和大家一起度過非常愉快的週末。令堂為我做的菜非常好吃。我將和各位一起拍的照片裝飾在桌上。真的非常謝謝。下次務必請來寒舍玩。很期待能再次與您見面。

2010年9月5日

約翰

21

1 あります　　2 なります　　3 できました　　4 しました

解析 本題測驗「辭書形＋ことができます」（可以～、能～）這個句型，這個句型表示「能力」，故答案為3。

22

1 やった　　2 あげた　　3 いただいた　　**4 くださった**

解析 本題測驗「授受動詞」，從「お母さんが」可以判斷，「お母さん」為主詞，所以意思應為「朋友的母親為我～」，因此要使用「～てくれる」（為我、幫我）而「くださる」為「くれる」之尊敬語，故答案為4。

23

1 撮る　　**2 撮った**　　3 撮って　　4 撮ろう

解析 空格後面接的是名詞（写真），所以要用「常體」修飾。選項1、2均為常體，但1為現在式，2為過去式，此處應使用過去式才正確，故答案為2。

24

1 に　　2 で　　3 を　　4 が

解析「机の上」（桌子上）雖然是個「地點」，但卻不是「飾ります」（裝飾）這個動作所發生的場所，因此不能用「で」。應該用「に」，表示「動作結束後，物品存在的位置」，也就是「写真」（照片）的位置，故答案為1。

25

1 お会いになる　　2 お会えする　　3 お会えできる　　**4 お会いできる**

解析 本題測驗「謙讓語」和「能力形」的配合。先將「会う」（見面）依「謙讓語」的變化規則變為「お会いする」，再將「する」變為能力形「できる」，即成為「お会いできる」，故答案為4。

問題4　請閱讀以下的文章，回答問題。請從1・2・3・4中，選出一個最正確的答案。

お花見パーティーのお知らせ 4月 2日（水）午後6時から、木下公園で お花見パーティーを行います。 *<u>バーベキュー</u>をしたり、カラオケを楽しんだりしながら、 いっしょにお花見をしましょう。 みなさんの国の食べ物があったら、ぜひ持ってきてください。 もし雨が降ったら、中止です。 国際交流センター

*バーベキュー：肉や野菜などを直接火に当てて焼きながら食べる料理。
ふつう外で行う。

中譯

賞花派對通知 四月二日（星期三）下午六點起，在木下公園 舉行賞花派對。 一起一邊賞花、一邊*<u>烤肉</u>、一邊唱卡拉OK吧！ 如果有老家的食物，請務必帶過來。 如果下雨的話，就取消。 國際交流中心

*烤肉：把肉、蔬菜等直接對著火，邊烤邊吃的料理。一般在戶外舉行。

26 「お花見パーティーのお知らせ」に書かれていないことは何ですか。

（沒寫在「賞花派對通知」上的是什麼呢？）

1 花見をします。

（賞花。）

2 歌を歌います。

（唱歌。）

3 いろいろな国の料理を食べます。

（吃各國的菜。）

4 ダンスします。

（跳舞。）

クリスマスパーティーのお知らせ

クリスマスパーティーをします。
プレゼントこうかんをしますので、
1000円ぐらいの品物を持ってきてください。
みんなでゲームをしますので、
楽しいゲームをたくさん考えてきてください。

12月２４日（金）７時
留学生会館

出席する人は１2月20日までに申し込んでください。

１2月１４日
キム

中譯

聖誕派對通知

要舉行聖誕派對。
因為要交換禮物，
所以請帶一千日圓左右的東西來。
因為要大家一起玩遊戲，
請想很多好玩的遊戲來。

十二月二十四日（星期五）七點
留學生會館

要參加的人請在十二月二十日前報名。

十二月十四日
金

27 クリスマスパーティーには、何(なに)を持(も)っていかなければなりませんか。

（聖誕派對上，一定要帶什麼東西去呢？）

1 1000円(せんえん)です。

（一千日圓。）

2 プレゼントです。

（禮物。）

3 ゲームです。

（遊戲。）

4 ケーキです。

（蛋糕。）

私の母は、毎日とても忙しいです。朝、6時に起きて、そうじや洗濯をしたり、朝ごはんを作ったりします。そして、うちを出て、会社へ行きます。夕方6時ごろうちへ帰りますが、帰るとすぐ、食事の用意をします。毎日こんなにも忙しい母ですが、このごろは、フランス語を勉強したがっています。でも、今はなかなか時間がなさそうです。私はもっと母の手伝いをして、忙しい母を助けたいと思っています。

中譯 我的母親每天都非常忙碌。早上六點起床，要打掃、洗衣、做早餐。然後出門去公司。傍晚六點左右回家，但是一回來，馬上要準備餐。每天這麼忙的母親，最近還想學法文。但是現在看起來實在沒什麼時間。我想要多幫母親一點，幫助忙碌的母親。

28 本文について、正しいものはどれですか。

（關於本文，正確的是哪一個？）

1 母親はフランス語を勉強しようと思っていますが、子どもは必要がないと言っていました。

（母親想學法文，但是小孩說不需要。）

2 母親はフランス語を勉強しようと思っていますが、時間がなくて、なかなかできません。

（母親想學法文，但是沒時間，實在沒辦法。）

3 子どもはフランス語を勉強しようと思っていますが、母親は必要がないと言っていました。

（小孩想學法文，但是母親說不需要。）

4 子どもはフランス語を勉強しようと思っていますが、時間がなくて、なかなかできません。

（小孩想學法文，但是沒時間，實在沒辦法。）

本が好きな人に、便利な本屋を紹介します。

「アソン」では、インターネットで本を買うことができます。

本を送ってもらうには、ふつう３００円かかりますが、１５００円以上頼むと、ただになります。

そして、３冊以上買うと、２００円安くなります。

お宅で気楽に、本を選ぶのはいかがでしょうか。

中譯 介紹一家方便的書店給喜歡書的人。

在「亞森」，可以利用網路購書。

寄書一般要三百日圓，但訂購一千五百日圓以上的話則免運費。

然後，只要買三本以上，便折扣二百日圓。

悠閒地待在家裡選書，怎麼樣呢？

29 インターネットで、「アソン」から１冊５００円の本を４冊買いたいです。いくらになりますか。

（想用網路，從「亞森」買四本每本五百日圓的書。要多少錢呢？）

1　１５００円

（一千五百日圓）

2　１８００円

（一千八百日圓）

3　2000円

（二千日圓）

4　2 100円

（二千一百日圓）

問題5　請閱讀以下的文章，回答問題。請從1・2・3・4中，選出一個最正確的答案。

看護師の仕事とは、何でしょうか。病院は病気を治すためにあるところです。そのために、新しい機械や技術を使ったり、医者が研究したりしています。もちろん、病気を治すには医者の力だけではだめです。看護師も医者と同じように、病気の人のために努力しています。しかし、最近はこれ以外にも、病気の人が自分で治す力を作ることが大切だと考える人が、多くなってきました。病気の人の気持ちになって考えられる人が、病院には必要なのです。これからの看護師は、決められたことを正しく行うだけでは十分ではありません。病気の人の気持ちをわかってあげて、彼らに自分で病気を治そうという気持ちを持たせることが、重要な仕事だと言えるでしょう。

中譯 所謂的護士的工作，是什麼呢？醫院是為了治病的地方。所以，要使用新的儀器、技術，醫生要進行研究。當然，治療疾病光靠醫生的力量是不行的。護士也和醫生一樣，為了病人而努力著。但是，除此之外，最近認為病人靠自己創造出治癒力是很重要的人變多了。能夠設身處地為病人著想的人，是醫院需要的。今後的護士只正確地執行決定好的事是不夠的。了解病人的心情，讓他們有靠自己痊癒的想法，可以說是重要的工作吧！

30 看護師の仕事でないものは何ですか。

（不是護士工作的是什麼呢？）

1 病気の人に自分で病気を治そうという気持ちを持たせることです。

（讓病人有靠自己痊癒的想法。）

2 新しい機械を使って一番よい方法を考えることです。

（使用新儀器、思考最好的方式。）

3 自分の力で病気の人を治すことです。

（用自己的力量治療病人。）

4 決められたことを正しく行うことです。

（正確地執行決定好的事。）

31 最近は、病院にはどんな人が必要だと考えられるようになりましたか。

（最近醫院裡變成需要什麼樣的人呢？）

1 いつも勉強したり、研究したりする医者です。

（隨時研究、學習的醫生。）

2 病気の人の気持ちになって考えられる人です。

（能夠設身處地為病人著想的人。）

3 自分の力で治す病気の人です。

（能夠以自己的力量治病的病人。）

4 新しい機械や技術が使える人です。

（會用新儀器、新技術的人。）

32 どうして、病気の人が自分で治す力を作ることが大切だと考える人が、多くなってきましたか。

（為什麼覺得病人靠自己創造出治癒力是很重要的人變多了呢？）

1 病院に行くお金がないからです。

（因為沒錢上醫院。）

2 医者と看護師の数がだんだん少なくなってきたからです。

（因為醫生和護士的數量漸漸變少了。）

3 看護師は医者の決めた方法を正しく行わなくてもいいからです。

（因為護士可以不正確地執行醫生決定的方式。）

4 自分で病気を治そうという気持ちが大切だからです。

（因為想要靠自己治癒疾病的想法很重要。）

33 これからの看護師の仕事で、一番大切なことは何ですか。

（今後的護士工作，最重要的是什麼呢？）

1 医者の仕事をしやすくすることです。

（讓醫生的工作輕鬆。）

2 決められたことを正しく行うことです。

（正確地執行決定好的事。）

3 病気の人の気持ちを考えて助けることです。

（思考病人的想法，幫助他們。）

4 新しい機械や技術を使うことです。

（使用新的儀器和技術。）

問題6　請看以下的A和B，然後回答問題。從1・2・3・4中，選出一個最適當的答案。

34 4人の中で、ほかのところで寝られないのは誰ですか。
（四個人中，在其他地方就會睡不著覺的人是誰呢？）

1 田中さんです。
（田中先生。）

2 ジムさんです。
（吉姆先生。）

3 王さんです。
（王先生。）

4 トムさんです。
（湯姆先生。）

35 4人の中で、はじめて会った人とすぐ話せないが、買い物が上手な人は誰ですか。
（在四個人中，不敢馬上和第一次見面的人說話，但卻很會買東西的人是誰呢？）

1 田中さんです。
（田中先生。）

2 ジムさんです。
（吉姆先生。）

3 王さんです。
（王先生。）

4 トムさんです。
（湯姆先生。）

A

あなたの外国生活適応度	(a：1点　b：2点　c：3点)
□ 1　料理ができますか。	a　インスタント食品は作れる。 b　簡単な料理がいろいろ作れる。 c　料理が上手だ。
□ 2　健康ですか。	a　よく病気になる。 b　ときどき病気になる。 c　いつも元気だ。
□ 3　知らないところに1人で行けますか。	a　1人では行きたくない。 b　地図を書いてもらったら行ける。 c　住所と地図があったら行ける。
□ 4　買い物が上手ですか。	a　スーパーだったら買える。 b　いろいろな店で買える。 c　店の人と話して、高いものを安く買える。
□ 5　はじめて会った人とすぐ話せますか。	a　知らない人とはすぐ話せない。 b　紹介してもらったら話せる。 c　知らない人とすぐ話せる。
□ 6　きらいな食べ物がありますか。	a　きらいなものが多い。 b　きらいなものが少ない。 c　何でも食べられる。
□ 7　どこでも寝られますか。	a　自分の部屋でしか寝られない。 b　ホテルや友だちの家でもよく寝られる。 c　どこでも寝られる。
□ 8　人の前で歌えますか。	a　歌えない。 b　友だちといっしょにだったら歌える。 c　1人で歌える。

中譯

A

你的國外生活適應度	（a：一分　b：二分　c：三分）
□ 1　會做菜嗎？	a　會做速食食品。 b　會做各種簡單的菜。 c　很會做菜。
□ 2　健康嗎？	a　常常生病。 b　偶爾生病。 c　總是很有活力。
□ 3　能一個人去不熟悉的地方嗎？	a　不想一個人去。 b　請人家畫地圖的話，就能去。 c　有地址和地圖的話，就能去。
□ 4　很會買東西嗎？	a　超市的話就會買。 b　在很多店都會買。 c　可以和店員說話，便宜地買到貴的東西。
□ 5　能馬上和第一次見面的人說話嗎？	a　無法立刻和不認識的人說話。 b　請人家介紹的話，就敢說。 c　和不認識的人能立刻說話。
□ 6　有討厭的食物嗎？	a　討厭的東西很多。 b　討厭的東西很少。 c　什麼都能吃。
□ 7　在哪裡都睡得著嗎？	a　只在自己的房間睡得著。 b　在飯店、朋友家都睡得很好。 c　在哪裡都能睡。
□ 8　敢在其他人面前唱歌嗎？	a　不敢唱歌。 b　和朋友一起的話，就敢唱。 c　敢一個人唱歌。

20点（にじゅってん）～24点（にじゅうよんてん）	どこでもだいじょうぶ
11点（じゅういってん）～19点（じゅうきゅうてん）	がんばったらだいじょうぶ
10点以下（じゅってんいか）	外国（がいこく）の生活（せいかつ）はちょっとたいへん

合計（ごうけい）________

中譯

20分～24分	在哪裡都沒問題
11分～19分	努力一點就沒問題
10分以下	國外的生活會有點辛苦

總計________

（筑波ランゲージグループ『Situational functional Japanese (Volume2)』による）

（取材 筑波言語學會《場面機能日本語2》）

B

	1	2	3	4	5	6	7	8	合計（ごうけい）
田中（たなか）	a	c	b	a	a	b	a	a	12
ジム	c	a	a	b	b	c	b	a	15
王（おう）	c	b	c	c	a	b	c	c	20
トム	b	b	c	a	a	c	b	b	16

中譯

B

	1	2	3	4	5	6	7	8	總計
田中	a	c	b	a	a	b	a	a	12
吉姆	c	a	a	b	b	c	b	a	15
王	c	b	c	c	a	b	c	c	20
湯姆	b	b	c	a	a	c	b	b	16

聽解

問題1

問題１　請先聽問題，然後聽對話，從選項１到４中，選出一個最正確的答案。

1 MP3-57

男の人と女の人が話しています。女の人の名前はどう書きますか。

（男子和女子正在說話。女子的名字要怎麼寫呢？）

男：すみません、きょうこさんの「きょう」は「きょうと」の「きょう」ですか。

（不好意思，「きょうこ」小姐的「きょう」，是「京都」的「京」嗎？）

女：いいえ、違います。

（不，不是。）

男：じゃ、「教える」の「きょう」ですか。

（那麼，是「教書」的「教」嗎？）

女：いいえ、「こんにち」の「きょう」です。

（不是，是「今日」的「今日」。）

男：えっ、こんにちって。

（咦，今日是？）

女：「こ・ん・に・ち」の「きょう」ですよ。

（是「こ・ん・に・ち」的「今日」喔！）

男：あっ、なるほど。

（啊，原來如此。）

女の人の名前はどう書きますか。

（女子的名字要怎麼寫呢？）

答案　3

2 MP3-58

事務室(じむしつ)で先生(せんせい)と学生(がくせい)が話(はな)しています。2人(ふたり)はいつ会(あ)いますか。

（老師和學生正在辦公室裡說話。二個人要何時見面呢？）

女：先生(せんせい)、勉強(べんきょう)のことで相談(そうだん)したいことがあるのですが、きょうの午後(ごご)、時間(じかん)がありますか。

（老師，我想跟您談一下讀書的事，今天下午有空嗎？）

男：午後(ごご)は会議(かいぎ)がありますから、あしたの午後(ごご)はどうですか。

（下午要開會，所以明天下午怎麼樣呢？）

女：あしたは予定(よてい)があって……。

（我明天有事……。）

男：そうですか。もし会議(かいぎ)が早(はや)く終(お)われば、時間(じかん)があるかもしれません。

（這樣子呀。如果會議早一點結束，說不定會有時間。）

女：私(わたし)は遅(おそ)くても大丈夫(だいじょうぶ)ですが……。

（我晚一點也沒關係……。）

男：では、会議(かいぎ)が終(お)わったら、すぐ呼(よ)びます。

（那麼，會議結束後，我立刻叫妳。）

女：はい、どうもありがとうございます。

（好的，謝謝您。）

2人(ふたり)はいつ会(あ)いますか。

（二個人要何時見面呢？）

1 きょうの午前(ごぜん)です。

（今天上午。）

2 きょうの午後(ごご)です。

（今天下午。）

3 あしたの午前(ごぜん)です。

（明天上午。）

4 あしたの午後(ごご)です。

（明天下午。）

3 MP3-59

男の人と女の人が話しています。車はどうなりますか。
（男子和女子正在說話。車子會變得怎麼樣呢？）

女：佐藤さん、あの箱を車に乗せてください。
（佐藤先生，請把那個箱子放車上。）

男：はい。重いですね。何が入っていますか。
（好。好重呀！裡面裝著什麼呀？）

女：食べ物や飲み物などです。
（食物和飲料等等。）

男：この椅子も入れましょうか。
（這張椅子也放進去吧？）

女：それは大きいから、入らないでしょう。椅子やテーブルはあちらで借りましょう。では、出発しましょう。
（那個很大，所以放不進去吧？椅子和桌子就在那裡借吧。那麼，出發吧！）

車はどうなりますか。
（車子會變得怎麼樣呢？）

答案　1

4 MP3-60

男の人と女の人が会社で話しています。会議室はどうなりますか。
（男子和女子正在公司裡說話。會議室會變得怎麼樣呢？）

男：田中さん、この資料は会議で使いますから、会議室に持っていってください。
（田中小姐，這份資料開會要用，所以請拿到會議室去。）

女：はい。
（好的。）

男：あっ、でも、ドアは開けたままにしておいてくださいね。
（啊，不過，門就請先開著就好喔。）

女：はい、わかりました。
（好的，我知道了。）

会議室はどうなりますか。
（會議室會變得怎麼樣呢？）

答案　1

5 MP3-61

男の人と女の人が話しています。女の人ははじめに何をしますか。

（男子和女子正在說話。女子一開始會做什麼呢？）

女：ちょっと銀行に行ってきます。

（我去一下銀行。）

男：いってらっしゃい。あっ、悪いけど、この手紙を出してきてくれませんか。

（慢走。啊，不好意思，幫我寄一下這封信好嗎？）

女：はい。じゃあ、先に郵便局によってから、銀行に行きます。

（好。那麼，我就先去郵局之後，再去銀行。）

女の人ははじめに何をしますか。

（女子一開始會做什麼呢。）

1 切手を買います。

（買郵票。）

2 手紙を書きます。

（寫信。）

3 銀行へ行きます。

（去銀行。）

4 郵便局へ行きます。

（去郵局。）

6 MP3-62

男の人と女の人がカレンダーを見ながら話しています。2人はいつ食事に行きますか。

（男子和女子正一邊看著月曆一邊說話。二個人何時要去吃飯呢？）

女：来週、仕事の後で食事に行きませんか。

（下個星期，下班後要不要一起去吃飯？）

男：いいですね。いつがいいですか。

（好呀！什麼時候好呢？）

女：そうですね。私は水曜と金曜だったら、大丈夫です。

（這個嘛。我星期三和星期五的話，沒問題。）

男：そうですか。私は5日から韓国に行きます。

（這樣子呀。我五號起要去韓國。）

女：じゃ、この日にしましょう。

（那麼就這一天吧！）

男：はい。

（好。）

2人はいつ食事に行きますか。

（二個人何時要去吃飯呢？）

答案　2

7 MP3-63

男の人と女の人が話しています。女の人はこれからどこへ行きますか。

（男子和女子正在說話。女子接下來要去哪裡呢？）

女：あっ、切手を買わないと。この辺で売っているでしょうか。

（啊，不買郵票不行！這附近有在賣吧！）

男：あの店の入口に「切手あります」と書いてありますよ。

（那家店的入口寫著「有郵票」喔！）

女：本当だ。ちょっと、買ってきます。

（真的耶。我去買一下。）

女の人はこれからどこへ行きますか。

（女子接下來要去哪裡呢？）

1 郵便局へ行きます。

（去郵局。）

2 あの店に入ります。

（進那家店。）

3 切手を探します。

（找郵票。）

4 手紙を出します。

（寄信。）

8 MP3-64

男の人が話しています。あしたはどの順番でしますか。

（男子正在說話。明天是怎樣的順序呢？）

男：あしたの予定を今から言う。よく聞いて！えーっと、あしたは朝ごはんの前にまず掃除。食事が終わったら、ずっと水泳の練習をするが、練習は３０分走って、体を暖かくしてからだ。

（現在開始說明明天的行程。請仔細聽！嗯，明天早餐前要先打掃。用餐完畢之後，持續練習游泳，不過要先跑三十分鐘，暖身之後再開始。）

あしたはどの順番でしますか。

（明天是怎樣的順序呢？）

答案　3

問題2

問題2　請先聽問題，然後請看試題冊。有閱讀的時間。然後聽對話，再從試題冊的選項1到4中，選出一個正確答案。

9　MP3-65

病院（びょういん）で女（おんな）の人（ひと）と医者（いしゃ）が話（はな）しています。女（おんな）の人（ひと）はどうですか。

（在醫院裡，女子正在和醫生說話。女子怎麼樣呢？）

男：どうしましたか。

（怎麼了呢？）

女：きのうからおなかが痛（いた）いです。

（從昨天開始肚子痛。）

男：きょうもきのうと同（おな）じぐらい痛（いた）いですか。

（今天和昨天差不多痛嗎？）

女：きょうはきのうほど痛（いた）くないです。

（今天沒有昨天痛。）

女（おんな）の人（ひと）はどうですか。

（女子怎麼樣呢？）

1 きのうはきょうよりおなかが痛（いた）かったです。

（肚子昨天比今天痛。）

2 きのうはきょうほどおなかが痛（いた）くなかったです。

（昨天肚子沒有今天痛。）

3 きのうより、きょうのほうがおなかが痛（いた）いです。

（比起昨天，今天肚子比較痛。）

4 きのうはおなかが痛（いた）かったですが、きょうは痛（いた）くないです。

（昨天肚子很痛，但是今天不痛。）

10 MP3-66

女の人が話しています。あした雨が降りそうだったら、マラソン大会はどうなりますか。

（女子正在說話。如果明天看起來會下雨的話，馬拉松比賽會決定怎麼樣呢？）

女：あしたのマラソン大会についてお知らせします。あしたのマラソン大会は、雨が降ったらありません。天気がよかったら、朝 8 時までにお集まりください。もし雨が降りそうだったら、マラソン大会をするかどうか、7 時までにお知らせいたします。

（我告訴各位關於明天馬拉松比賽的事。明天的馬拉松比賽，要是下雨的話就取消。好天氣的話，請在早上八點以前集合。要是看起來會下雨的話，我會在七點以前通知各位馬拉松比賽是否舉行。）

あした雨が降りそうだったら、マラソン大会はどうなりますか。

（如果明天看起來會下雨的話，馬拉松比賽會決定怎麼樣呢？）

1 マラソン大会は行われます。

（馬拉松比賽會舉行。）

2 マラソン大会は行われません。

（馬拉松比賽不會舉行。）

3 行うかどうか、7時までにわかります。

（七點以前會知道是否舉行。）

4 行うかどうか、8時までにわかります。

（八點以前會知道是否舉行。）

11 MP3-67

男の人と女の人が話しています。男の人はこれから何をしますか。

（男子和女子正在說話。男子接下來會做什麼呢？）

女：ごめんください。

（有人在嗎？）

男：あっ、鈴木さん。よくいらっしゃいました。さあ、どうぞ。

（啊，是鈴木小姐呀。歡迎。來，請進！）

女：お邪魔します。あれ、田中さん、勉強中だったんですか。

（打擾了。咦，田中先生剛剛在讀書嗎？）

男：ええ。でも、ちょうど終わったところです。

こちらへどうぞ。あっ、汚いですね。ちょっと片付けます。

（是呀。不過我剛好讀完。這邊請。啊，髒髒的。我稍微收拾一下。）

男の人はこれから何をしますか。

（男子接下來會做什麼呢？）

1 勉強します。

（讀書。）

2 勉強を終わります。

（結束讀書。）

3 部屋を片付けます。

（整理房間。）

4 女の人に部屋を片付けさせます。

（要女子整理房間。）

12 MP3-68

男の人と女の人が話しています。女の人は誰と何で旅行に行きますか。

（男子和女子正在說話。女子要和誰搭什麼去旅行呢？）

男：もう夏休みの予定を決めましたか。

（已經決定好暑假的計畫了嗎？）

女：いいえ、まだ決めていません。どこかいい所を知りませんか。

（不，還沒決定。你知道有什麼好地方嗎？）

男：そうですね。箱根という所を知ってますか。

（這個嘛。你知道一個叫做「箱根」的地方嗎？）

女：ハ・コ・ネって、あっ、知ってます。新宿から何時間ぐらいで行けますか。

（箱－根－，啊，我知道。從新宿去，差不多幾個小時到得了呢？）

男：特急電車だったら、1時間半ぐらいで行けるでしょう。行く方法はいろいろあります。車で行くこともできますよ。マリアさんは運転できますか。

（特快車的話，一個半小時左右就到得了吧。去的方法有很多，也可以開車去喔！瑪利亞小姐妳會開車嗎？）

女：ええ、できます。でも、道がよくわからないから、電車で行きたいですね。

（是呀，我會。不過我路不太熟，所以想搭電車去耶。）

男：何人で行きますか。

（幾個人去呢？）

女：国の友だちと2人で行きます。

（和老家的朋友，我們二個人一起去。）

女の人は誰と何で旅行に行きますか。

（女子要和誰搭什麼去旅行呢？）

1 国の友だち1人と車で行きます。

（要和一個老家的朋友開車去。）

2 国の友だち2人と車で行きます。

（要和二個老家的朋友開車去。）

3 国の友だち1人と電車で行きます。

（要和一個老家的朋友搭電車去。）

4 国の友だち2人と電車で行きます。

（要和二個老家的朋友搭電車去。）

13 MP3-69

男の人と女の人が話しています。女の人はあしたどうしますか。

（男子和女子正在說話。女子明天會怎麼做呢？）

女：すみません。あした午前中休ませていただきたいんですが。

（不好意思，明天上午，我想請您讓我休假。）

男：どうしたの。具合でも悪いんですか。

（怎麼了嗎？是不是身體不舒服呢？）

女：いいえ、そうじゃなくて、国から母が来ますから、空港へ迎えに行こうと思って……。午後は出てきます。

（不，不是這樣的，因為母親從老家來，所以我想去機場接她……。下午我就會來公司。）

男：じゃ、１日休んだらどうですか。久しぶりでしょうから。

（那麼，休一天的話怎麼樣呢？因為很久沒見了吧！）

女：でも、あしたの午後は会議がありますし……。

（可是，明天下午還有會議……。）

男：木村君がいるから、だいじょうぶでしょう。そうして。

（還有木村先生在，沒問題吧！就這麼辦了！）

女：はい。申し訳ありません。

（是的，非常抱歉。）

女の人はあしたどうしますか。

（女子明天會怎麼做呢？）

1 午前中は休んで、午後は来ます。

（上午休假，下午來公司。）

2 会議だけ出ます。

（只出席會議。）

3 朝から会社に来ます。

（從早上就來公司。）

4 １日休みます。

（休息一天。）

14 MP3-70

男の人と女の人がデパートで話しています。2人はこれからどこへ行きますか。

（男子和女子正在百貨公司說話。二個人接下來要去哪裡呢？）

女：ほかに何か見たい物はありませんか。

（其他還有什麼想看的東西嗎？）

男：田村さんにあげるプレゼントを探したいんですが、何がいいと思いますか。

（我想找送給田村先生的禮物，妳覺得什麼好呢？）

女：そうですね。田村さんは絵を習いたがっていましたから、絵の本はどうですか。

（這個嘛。田村先生之前很想學畫畫，所以畫冊怎麼樣呢？）

男：でも、どんなのがいいのか、私たちにはよくわかりません。

（可是我們不懂怎樣的才好呀！）

女：そうですね。あっ、田村さんは新しい運動靴をほしがっていましたよ。

（這個嘛。啊，田村先生之前想要新的運動鞋喔！）

男：田村さんのサイズを知っていますか。

（你知道田村先生的尺寸嗎？）

女：いいえ……。

（不知道……。）

男：じゃ、靴もだめですね。あっ、この間、赤ちゃんが生まれたでしょ。
だから赤ちゃんのものはどうですか。

（那麼，鞋子也不行呀！啊，前些日子，他們家不是生了小寶寶嗎？所以小寶寶的東西怎麼樣呢？）

女：いいですね。そうしましょう。

（好呀，就這麼辦吧！）

2人はこれからどこへ行きますか。

（二個人接下來要去哪裡呢？）

1 本屋へ行きます。

（去書店。）

2 美術品売り場へ行きます。

（去藝品專櫃。）

3 スポーツ用品売り場へ行きます。

（去體育用品專櫃。）

4 ベビー用品売り場へ行きます。

（去嬰兒用品專櫃。）

15 MP3-71

男の人と女の人が話しています。男の人はこれから何をしますか。

（男子和女子正在說話。男子接下來要做什麼呢？）

男：どうですか、引っ越しは。

（搬家搬得怎麼樣了？）

女：ええ、今日の午前中に終わりました。

（嗯嗯，今天上午結束了。）

男：早いですね。じゃあ、もう部屋には何もないんですか。

（真快呀！那麼，房間裡已經什麼都沒有了嗎？）

女：ええ。あとは少し掃除するだけです。

（是呀，接下來只要稍微打掃一下就好了。）

男：手伝いましょうか。

（我來幫忙吧！）

女：ありがとうございます。でも、掃除するだけですから。

（謝謝。不過只是打掃而已。）

男の人はこれから何をしますか。

（男子接下來要做什麼呢？）

1 引っ越しするのを手伝います。

（幫忙搬家。）

2 掃除をしてあげます。

（幫忙打掃。）

3 荷物を部屋に運びます。

（搬行李到房間。）

4 何もしなくていいです。

（什麼都可以不用做。）

問題3

問題3　請一邊看圖一邊聽問題。然後，從選項1到3中，選出一個正確的答案。

16 MP3-72

友だちの部屋に入るとき、何と言いますか。

（進朋友的房間時，要說什麼呢？）

1 お元気ですか。

（你好嗎？）

2 お邪魔します。

（打擾了！）

3 お久しぶりですね。

（好久不見呀！）

17 MP3-73

電車で座ろうとする時、何と言いますか。

（想在電車裡坐下時，要說什麼呢？）

1 これ、いただいてもいいですか。

（我可以拿這個嗎？）

2 ここ、座らなければなりませんか。

（一定要坐在這裡嗎？）

3 この席、空いていますか。

（這個位子，空著嗎？）

18 MP3-74

家に帰ってきました。何と言いますか。

（回到家裡來了。要說什麼呢？）

1 失礼します。

（打擾了。）

2 ただいま。

（我回來了。）

3 行ってきます。

（我要走了。）

19 MP3-75

ご飯を食べました。何と言いますか。

（吃完飯了。要說什麼呢？）

1 いただきます。

（我要吃了。）

2 ごちそうさまでした。

（我吃飽了。）

3 おいしいですね。

（好好吃喔。）

20 MP3-76

燃えないごみを出したいです。何と言いますか。

（想丟不可燃垃圾。要說什麼呢？）

1 すみません、燃えないごみはきょう出さなければなりませんか。

（不好意思，不可燃垃圾一定要今天丟嗎？）

2 すみません、燃えないごみはきょう出してもいいですか。

（不好意思，不可燃垃圾可以今天丟嗎？）

3 すみません、燃えないごみはきょう出してください。

（不好意思，不可燃垃圾請今天丟！）

問題4

問題 4　沒有圖。首先請聽句子。然後請聽回答，從選項 1 到 3 中，選出一個正確的答案。

21 MP3-77

男：どちらからいらっしゃったんですか。

（您是從哪裡來的呢？）

女：1 韓国(かんこく)へ参(まい)りました。

（去了韓國。）

2 韓国(かんこく)におります。

（在韓國。）

3 韓国(かんこく)から参(まい)りました。

（從韓國來的。）

22 MP3-78

男：すみません、スパゲッティーはまだですか。

（不好意思，義大利麵還沒好嗎？）

女：1 お待(ま)たせしました。まだです。

（讓您久等了，還沒。）

2 ご注文(ちゅうもん)はよろしいですか。

（您要點菜了嗎？）

3 すみません、もう少(すこ)しお待(ま)ちください。

（不好意思，請再等一下。）

23 MP3-79

男：雨が降っていますね。この傘、貸しましょうか。

（在下雨耶！這把傘借妳吧！）

女：1 はい、貸してください。

（好的，請借給我。）

2 はい、借りてください。

（好的，請跟我借。）

3 はい、こちらこそ。

（好的，我才要借給你。）

24 MP3-80

女：今開いているレストランがあるかどうか、知っていますか。

（你知道現在有哪家餐廳開著嗎？）

男：1 はい、知ります。

（是的，我要知道。）

2 いいえ、知っています。

（不，我知道。）

3 さあ、知りません。

（唉，我不知道。）

25 MP3-81

女：あなたのことはもう知りません。好きにしなさい。

（我不想再管你了。隨便你好了！）

男：1 じつは、わたしも好きでした。

（其實，我也很喜歡。）

2 そんなことおっしゃらないでください。

（請不要那麼說！）

3 好きにさせてくださって、ありがとうございます。

（謝謝妳讓我做喜歡的事。）

26 MP3-82

男：すみませんが、しばらく車(くるま)をここに止(と)めさせていただけませんか。

（不好意思，能不能請您讓我暫時把車停在這裡？）

女：1 ええ、いいですよ。どうぞ。

（好，可以啊。請！）

2 ええ、いただけません。

（好，我沒辦法收下。）

3 いいえ、止(や)めさせてください。

（不，請讓我停。）

27 MP3-83

男：木村(きむら)さんはいらっしゃいますか。

（木村先生在嗎？）

女：1 はい、木村(きむら)は今出(いまで)かけております。

（是的，木村現在正外出中。）

2 いいえ、木村(きむら)は今(いま)おります。

（不，木村現在在。）

3 いいえ、木村(きむら)は今出(いまで)かけております。

（不，木村現在正外出中。）

28 MP3-84

女：お名前(なまえ)は。

（請問貴姓？）

男：1 佐藤(さとう)でしょう。

（是佐藤吧！）

2 佐藤(さとう)じゃないですか。

（不是佐藤嗎？）

3 佐藤(さとう)です。

（我叫佐藤。）

國家圖書館出版品預行編目資料

新日檢N4模擬試題＋完全解析 新版 / 林士鈞著
-- 四版 -- 臺北市：瑞蘭國際, 2023.03
304面；19 x 26公分 -- （日語學習系列；69）
ISBN：978-626-7274-15-6（平裝）
1.CST：日語 2.CST：能力測驗

803.189　　112002734

日語學習系列 69

絕對合格！
新日檢N4模擬試題＋完全解析 新版

作者｜林士鈞・責任編輯｜葉仲芸、王愿琦・校對｜林士鈞、葉仲芸、王愿琦

日語錄音｜福岡載豐、杉本好美・錄音室｜不凡數位錄音室
封面設計｜劉麗雪、陳如琪・版型設計｜張芝瑜・內文排版｜帛格有限公司
美術插畫｜鄭名娣、林菁慧

瑞蘭國際出版

董事長｜張暖彗・社長兼總編輯｜王愿琦
編輯部
副總編輯｜葉仲芸・主編｜潘治婷
設計部主任｜陳如琪
業務部
經理｜楊米琪・主任｜林湲洵・組長｜張毓庭

出版社｜瑞蘭國際有限公司・地址｜台北市大安區安和路一段104號7樓之1
電話｜(02)2700-4625・傳真｜(02)2700-4622・訂購專線｜(02)2700-4625
劃撥帳號｜19914152 瑞蘭國際有限公司・瑞蘭國際網路書城｜www.genki-japan.com.tw

法律顧問｜海灣國際法律事務所　呂錦峯律師

總經銷｜聯合發行股份有限公司・電話｜(02)2917-8022、2917-8042
傳真｜(02)2915-6275、2915-7212・印刷｜科億印刷股份有限公司
出版日期｜2023年03月初版1刷・定價｜420元・ISBN｜978-626-7274-15-6

◎ 版權所有・翻印必究
◎ 本書如有缺頁、破損、裝訂錯誤，請寄回本公司更換

PRINTED WITH SOY INK 本書採用環保大豆油墨印製